LE PARI DU MENEUR

TIMBERWOLF LODGE
TOME 2

VIVIAN AREND

Ceci est une œuvre de fiction. Les noms, les personnages, les lieux et les incidents sont le produit de l'imagination de l'auteur ou sont employés de manière fictive, et toute ressemblance à des personnes, existant ou ayant existé, des entreprises, des événements ou des lieux ne serait qu'une coïncidence.

AUCUNE FORMATION À L'IA : Sans limiter en aucune manière les droits exclusifs de l'auteur [et de l'éditeur] en vertu du droit d'auteur, toute utilisation de cette publication pour « entraîner » les technologies d'intelligence artificielle (IA) générative pour générer du texte est expressément interdite. L'auteur se réserve tous les droits de licence d'utilisation de ce travail pour la formation à l'IA générative et le développement de modèles de langage d'apprentissage automatique.

THE ENFORCER'S GAMBLE / Le Pari du meneur
Copyright © 2024 par Arend Publishing Inc.
Livre Électronique ISBN : 978-1-998508-26-6
Livre Imprimé ISBN: 978-1-998508-27-3
Correction de la version originale par Angie Ramey
Relecture de la version originale par Manuela Velasco & Linda Levy
Traduit par Adeline Nevo and Valentin Translation
Conception de la couverture par Croco Designs

Tous droits réservés. Aucune partie de ce livre ne peut être utilisée ou reproduite sous quelque forme ou par quelque moyen que ce soit sans la permission écrite dans le cadre de brèves citations.

1
___

M audite libido.

Maussade, Stacy Moraine fixait la pelouse verte où jouaient – euh disons plutôt, gambadaient – ses trois fils.

Ils sautaient et couraient avec une excitation digne de chiots. À dix, six et cinq ans, ses fils étaient comparables à de jeunes chiots en plein quart d'heure de folie.

C'était vraiment merveilleux. Voir ce trio jouer joyeusement sur la pelouse de Timberwolf Lodge était tout ce dont Stacy avait toujours rêvé. Le fait qu'ils soient en sécurité et libres d'être eux-mêmes faisait battre son cœur de joie.

Ce qui la travaillait, en revanche, c'était l'homme sur lequel ils sautaient et grimpaient : Delaney Vezina, aux biceps puissants et avant-bras musclés. Cheveux noirs, barbe et moustache bien entretenues et traits presque trop beaux sur son visage bronzé, il aurait pu faire la couverture du Royalty Today ou de GQ Magazine.

Quel culot que cet homme soit non seulement

magnifique, mais qu'il soit assez gentil pour passer du temps avec tes enfants. Quel toupet !

Elle se détourna pour méditer à ce conflit intérieur, et se retrouva nez à nez avec sa sœur.

— Il faut que tu t'occupes de la cuisine dès que possible, déclara Stephanie en se penchant vers elle.

— De quoi est-ce que tu parles ?

Stephanie souleva la paupière de Stacy et scruta le blanc de ses yeux.

— J'aurais juré que les nems à midi étaient frais, mais en te voyant marmonner, je pense que tu dois être fiévreuse. Il ne faut pas plaisanter avec l'intoxication alimentaire.

Bon sang.

— Peut-être bien que tu devras cuisiner, rétorqua sèchement Stacy en s'écartant. Et arrête de me toucher.

— *Elle me touche*, l'imita sa sœur en ricanant. Mon Dieu, maman et papa détestaient quand on faisait ça.

Le bref souvenir partagé fut suffisant pour faire sourire Stacy.

— Les garçons le font aussi maintenant. C'est vraiment pénible.

— Ça fait partie de leur boulot d'enfant. C'est même le numéro cinq sur la liste : *rendre maman chèvre tous les jours*, déclara Stephanie en saisissant le bras de Stacy. Puisque je vois que les enfants sont entre de bonnes mains, suis-moi. On doit se décider pour la cuisine. Tu rends Blue et Jace fous en les ignorant.

Tout avait été si soudain, réalisa Stacy.

— Je pense être toujours sous le choc, admit-elle en jetant un dernier regard aux garçons. Ça ne fait même pas une semaine que j'ai déménagé à l'autre bout du pays, et même si je savais qu'on devait relancer Timberwolf Lodge et accueillir des clients, je pensais qu'on avait une année entière pour le faire.

Cela avait été la réponse à tant de problèmes. Sa meilleure amie, Cassidy Rundle, avait participé à une loterie, et contre toute attente, elle avait gagné un écolodge dans la nature sauvage de Jasper, en Alberta. Cassidy, Stacy et Stephanie, étaient désormais copropriétaires de ce majestueux pavillon et de quelques cottages.

C'était chez elles à présent.

Découvrir que la région abritait également une grande meute de métamorphes loups, avait été un bonus. Elles savaient déjà que l'impossible était possible. Colt, le fils aîné de Stacy, s'était métamorphosé à l'âge de quatre mois – un héritage de son père militaire tué en mission et qui n'avait même pas eu le temps de savoir que Colt était en route. Dire qu'elles avaient été surprises était...

Eh bien, disons qu'il en fallait désormais beaucoup à Stacy pour être surprise.

— On dispose bien d'une année, mais on bénéficie d'une aide magique en ce moment, donc ça ira beaucoup plus vite, lui expliqua Stephanie en arrêtant de la tirer une fois devant la cuisine. Et voici notre cuisinière réticente comme demandé, messieurs. Je pars vers ma prochaine mission.

Avec un adorable sourire, Stephanie salua les deux hommes présents dans la cuisine, tourna les talons et quitta la pièce.

— Salut cuisinière réticente. Viens nous montrer quelle taille tu fais, dit Jace Carter en tendant la main à Stacy.

Il était aussi beau que Del, mais dans un style plus brut, plus motard, avec les mêmes cheveux châtain foncé, mais en plus longs et en bataille. Il portait un jean délavé et une chemise en flanelle bleue : des vêtements confortables et banals. Mais c'est le sentiment de puissance qui émanait de lui qui poussa Stacy à s'approcher avec prudence.

Pas par peur, remarquez. L'homme – le métamorphe loup – avait déjà prouvé qu'il méritait d'être traité avec le plus grand respect. Le respect dû à l'Alpha de la meute Jasper.

— Je suis trop petite ? demanda Stacy.

— Pas du tout.

Le deuxième homme était à l'opposé de Jace. Ses cheveux blonds de surfeur étaient relevés en une queue de cheval ébouriffée, et ce matin, il portait un short et T-shirt tie-dye vert fluo et orange. Blue Carter rangea son marteau dans sa ceinture de travail et poussa un tabouret vers les placards.

— Nous mettons la cuisine aux bonnes dimensions.

— Je ne suis pas si petite, protesta Stacy en regardant le tabouret.

— Mais tes enfants, si, souligna Blue joyeusement.

— Et le plan de travail doit être changé de toute façon, dit Jace en la poussant plus près du centre. Prends un bol dans le placard et fais semblant de préparer quelque chose.

— Des cookies, ordonna Blue. Des cookies au beurre de cacahuète.

Jace s'immobilisa, son ruban à mesurer à la main, et fronça les sourcils.

— Elle fait semblant. Elle peut faire ce qu'elle veut.

— Mais je veux des biscuits au beurre de cacahuète, gémit Blue.

Il fit semblant de faire la moue, mais il était si mignon que Stacy réprima un rire.

Elle ignorait comment il faisait, mais être avec Blue, c'était comme prendre une grande bouffée d'air par un jour d'été. Toute sa nervosité disparut en un instant.

Elle le regarda en faisant semblant de mélanger.

— Je touille la pâte maintenant. Je me demande si je devrais mettre des pépites de chocolat ?

— Jamais, dit Blue.

— Toujours, le contredit Jace en foudroyant son cousin du regard. Arrête avec ta séduction d'Omega et va aider Stephanie et Cass avec le papier peint de la salle de bains.

Blue adressa un clin d'œil à Stacy avant de se rendre à l'étage.

— Mesdames. Préparez-vous à l'arrivée de la grandeur que je suis, l'entendit-on fanfaronner dans les escaliers.

On entendit Cassidy – la meilleure amie de Stacy et désormais co-Alpha de la meute de loups aux côtés de Jace – répondre :

— Cache le chocolat.

Jace s'esclaffa doucement en tournant la tête vers l'étage.

— Cassidy ne va pas s'ennuyer avec ces deux-là.

On voyait, à son ton tendre, qu'il était éperdument amoureux de la meilleure amie de Stacy, même si cela ne faisait que quelques semaines.

— Cass saura les gérer, lui assura Stacy.

— Vous les femmes, vous savez trop facilement nous prendre en main. Et on adore ça, rétorqua Jace en souriant avant de reporter son attention sur le ruban à mesurer.

Stacy jeta un coup d'œil par la fenêtre, et son cœur manqua un battement en regardant Del jouer avec ses fils.

Prendre en main Delaney. Quelle idée intéressante. Le toucher, attirer son corps puissant sur elle et se perdre en lui... Qu'avait dit Jace déjà ? C'était si plaisant d'imaginer prendre en main un Del nu, qu'elle n'avait pas écouté.

Elle regarda à nouveau par la fenêtre, et fut choquée lorsque Del leva le regard vers elle comme s'il pouvait la voir à travers les vitres miroirs. Comme s'il savait les pensées grivoises qui lui traversaient l'esprit.

Et lorsqu'il afficha un immense sourire, Stacy laissa tomber son bol imaginaire et couvrit ses joues brûlantes avec ses mains.

~

UN PEU DE paradis sur terre. C'est ce que représentait Timberwolf Lodge, décida Del. Il ne put s'empêcher de sourire en tournant son regard vers le vieux pavillon où des rires retentissaient depuis la fenêtre de la salle de bains.

— Monsieur Del, regardez-moi, s'exclama le gosse numéro trois, celui de cinq ans qui tirait sur son T-shirt d'une main et tenait le ballon de basket de l'autre.

— Ace, ne triche pas, lui ordonna l'aîné des trois. Tu dois attendre ton tour.

— Je ne triche pas. Je dois le faire maintenant, insista Ace en sautillant d'une manière explicite qui amena Delaney à se demander si le petit parlait de basket-ball ou d'autre chose... comme un aller rapide aux toilettes.

— Monsieur Del, on peut aller dans la cabane dans les arbres ? demanda Blaze, le gamin du milieu, celui aux cheveux rouge flamboyant et ébouriffés. Je peux vous raconter une blague ?

— Je veux lui montrer...

— Arrête de l'embêter.

Del avait été l'Alpha d'une meute nombreuse et turbulente pendant des années, mais à cet instant, avec les enfants qui sentaient l'odeur de sa futur compagne – pour le moment inaccessible –, ses nerfs étaient plus tendus que d'habitude.

— Arrêtez tout ce chahut, dit-il en levant la main.

Ils se turent instantanément, ce qui l'étonna… jusqu'à ce qu'il réalise qu'il avait parlé un peu trop brusquement et avec trop de… puissance.

Bon sang. Ce n'était pas ainsi qu'il pourrait leur faire bonne impression, ainsi qu'à leur mère.

Stacy. La femme qui excitait chaque once de Del, et ce, depuis le premier instant. Elle sentait incroyablement bon. Elle était fantastique – et le fait qu'elle l'ait giflé quelques minutes après l'avoir rencontré ne faisait qu'accroitre son envie d'elle. Forte, puissante.

Parfaite.

Sa compagne prédestinée, même s'il ne comptait pas le lui dire avant très, très longtemps.

Il se laissa tomber sur l'herbe et prit une profonde inspiration.

— Désolé les gars. J'ai eu tort de prendre ma voix effrayante de loup.

Blaze tomba à genoux devant lui et fronça les sourcils. Colt, dix ans, copia la position de Del mais s'assit un peu plus loin, comme s'il jugeait plus sûr de garder ses distances : ni trop près, ni trop loin pour ne pas paraitre impoli.

Ace ignora ses deux frères et tira sur les bras de Del jusqu'à ce qu'il les ouvre et laisse le petit s'installer sur ses genoux. Son cœur fut alors sur le point d'éclater.

La tête haute, et brave de son rôle de grand frère, Colt parla le premier :

— Vous étiez l'Alpha de la meute. Ça veut dire que vous êtes puissant.

— Oui. Mais ça ne veut pas dire que je dois être un con.

Il se corrigea immédiatement en voyant les yeux de Blaze s'écarquiller.

— Je veux dire un idiot, en utilisant le pouvoir quand ce

n'est pas nécessaire. Je tiens donc à m'excuser. Ce n'était pas bien.

Ace lui tapota le visage.

— C'est bon. Ça se voit que tu es vraiment désolé.

Del s'esclaffa.

— Je suis, effectivement, vraiment désolé. Merci de ne pas m'avoir mis au coin.

— Je n'aime pas le coin, déclara Ace avec un reniflement de dédain avant d'ajouter doucement : une fois, j'ai dû aller au coin parce que j'avais mordu Robby à la garderie. Il était méchant, mais maman a dit que je devais me servir des mots, pas de mes dents.

— Tu as une maman très sage, lui assura Del. Mais chez les loups, il faut parfois les dents.

Colt inspira profondément.

— Vous pouvez nous en dire plus ? À propos de la meute, je veux dire. Et sur le fait d'être un loup ?

— On n'a pas de loups Ace et moi, dit Blaze. Mais on est quand même de la meute, pas vrai ?

— J'aime être un loup, acquiesça Ace en montrant ses dents, comme pour évaluer la réaction de Del. Grrr.

— Tu es un très bon loup, lui dit Del avant de lever les yeux vers Blaze et Colt. Vous apprendrez au fur et à mesure sur la meute et les loups. Mais oui, vous faites tous partie de la meute. Cassidy et Jace sont vos Alphas. Blue est votre Omega et vous avez beaucoup de compagnons de meute.

— Et tu es le metteur, annonça Ace avec joie.

— Meneur, le corrigea Colt avant de soupirer. Je veux en savoir plus sur le fait d'être un loup, mais maman s'inquiète. Surtout depuis qu'on s'est retrouvés coincés dans l'eau.

Ce souvenir glaça le sang de Del. Quelques jours auparavant, Stacy avait suivi de mauvaises directives, et avec ses fils, elle s'était retrouvée coincée dans leur monospace, dans une rivière en crue. C'était un miracle qu'ils aient pu être sauvés par Jace, Del et Blue. C'était une des raisons pour lesquelles Del passait du temps avec les gamins ce matin : afin de s'assurer qu'ils allaient bien. Jusqu'à présent, ils n'avaient même pas évoqué la catastrophe.

— Comment allez-vous après votre baignade dans la rivière ? demanda-t-il prudemment.

— J'ai fait un cauchemar effrayant, annonça Ace avec enthousiasme. Il pleuvait et pleuvait, et puis les toilettes m'ont englouti !

— Très effrayant, approuva Del avant de jeter un coup d'œil à Blaze. Tu as fait des cauchemars ?

Les cheveux roux du garçon rebondirent alors qu'il secouait la tête.

— Non. Tu nous as sauvés. Et Colt s'est transformé en loup et il est venu dormir avec Ace et moi. Alors ça va.

— Ravi de l'entendre, dit Del en regardant Colt. Tu prends bien soin de tes frères.

Colt haussa les épaules puis hocha la tête.

— J'aime être avec eux. Ça me rend heureux à l'intérieur.

— Peut-être parce que ton loup est du genre à avoir besoin d'être utile.

Il y avait quelque chose chez cet enfant qui laissait Del songeur.

— Peut-être. C'est pour ça que je veux en savoir plus. Je ne veux pas contrarier maman, mais je dois comprendre. Vous pouvez m'aider sans lui faire peur ?

Parce qu'effrayer Stacy était la dernière chose qu'il voulait, Del acquiesça fermement.

— Je pense que oui. Laisse-moi parler à Jace et Blue et voir ce qu'on peut faire.

Il serra brièvement Ace, puis le posa à côté de ses frères, tous alignés, et le regardant attentivement.

— En attendant, il faut pratiquer une vraie activité de meute. Vous êtes prêts ?

— Oui, monsieur, clamèrent-ils à l'unisson.

Del se tapota le ventre, puis la poitrine.

— Commencez par ici, mettez tout votre pouvoir dans votre cœur, puis laissez-le sortir.

Il rejeta la tête en arrière et poussa un hurlement.

Les trois petits garçons se joignirent à lui : des sopranos en dessous de son puissant alto. C'était magique, et Del sentit une clé tourner en lui et ouvrir sur un endroit qu'il ne connaissait pas.

La joie. La magie.

La famille.

C'était ce dont il avait toujours eu envie. Il s'était battu pour faire le bien autour de lui durant toutes ces années. Être l'Alpha de la meute de Jasper avait été une récompense à certains égards, une punition à d'autres. Mais ce moment représentait douceur et joie, et dans les hurlements des garçons il n'entendit qu'acceptation et bonheur...

Del voulait vivre cela pour toujours. Il voulait une vie éternelle avec sa compagne, Stacy, et fonder une famille avec elle. Il savait ce qui manquait à sa vie, et il allait faire tout ce qu'il fallait pour que cela se réalise.

Ce qui signifiait qu'il devait avoir une discussion sérieuse avec son nouvel Alpha.

Il fut alors pris d'un sentiment d'amusement. Il n'hésiterait pas à se montrer sournois, car l'Alpha était également son cousin, Jace. Del avait hâte de comploter avec Cassidy, la compagne de Jace.

Trouver la voie à suivre tout en énervant son cousin ? Voilà qui serait une victoire totale.

2

— Viens avec moi, ordonna Cassidy.

Stacy posa la laitue qu'elle s'apprêtait à découper.

— Si on veut dîner à l'heure, il faut que je me mette au travail.

— Ne t'inquiète pas pour le dîner. J'ai besoin de toi et de Steph pour une réunion de haut niveau, déclara Cassidy en montant les escaliers sans attendre.

Depuis son arrivée à Timberwolf Lodge, Stacy avait observé des changements subtils chez son amie et sa sœur. Toutes deux, tels des rocs, demeuraient les mêmes amies solides et fidèles, mais à présent, il y avait quelque chose en plus.

Surtout chez Cassidy, décida Stacy. Même si son amie avait toujours été forte et déterminée, elle affichait désormais un degré de confiance qui allait au-delà de l'audace. Comme si elle avait puisé dans une nouvelle source de pouvoir.

Elle restait cependant, sa meilleure amie, et c'est, emplie de confiance, que Stacy la suivit à travers la magnifique suite située du côté ouest du Lodge. Deux immenses chambres, chacune avec une salle de bains privée, étaient situées de chaque côté d'un salon contenant deux canapés, deux fauteuils, une télévision, et un petit coin cuisine avec une table assez grande pour six personnes.

Cassidy poussa la porte-fenêtre de l'espace de vie et guida Stacy vers une véranda.

— La chaise de droite est à toi.

La chaise en question était une causeuse ornée de coussins floraux douillets et d'un plaid vert pâle ultradoux drapée sur le dossier. La causeuse et deux autres chaises étaient disposées sous un parasol géant, créant un coin ombragé pour se détendre en cette chaude journée estivale.

La vue était spectaculaire. Nichée à l'arrière de la maison, dans ce que Stacy considérait comme *l'aile chic*, la suite surplombait le lac Timberwolf et les cottages, et offrait une vue imprenable sur les montagnes à l'ouest. Stacy s'enfonça dans les coussins moelleux et replia gaiement ses jambes sous elle.

— C'est magnifique.

Stephanie était assise sur la deuxième chaise, et tenait une énorme tasse de thé. Elle étendit ses jambes devant elle, les pieds posés sur la table basse en bois massif.

— N'est-ce pas ? Être assise ici est une douce récompense après une journée de travail.

— Mais j'ai encore du travail, rétorqua Stacy alors que Cassidy s'installait sur l'autre chaise. Et tu me culpabilises. Tu veux mes coussins ? demanda-t-elle à son amie, cherchant déjà derrière elle un oreiller.

La chaise de son amie était droite, noire et métallique. Jolie, mais solide et sans rembourrage.

Cassidy battit des cils en souriant.

— Non. N'oublie pas que nous sommes les trois ours.

Tu es la Maman Ourse, qui aime les choses douces. Je suis le Papa Ours, qui peut dormir sur une feuille de contreplaqué.

— Et je suis le bébé ours, qui aime le juste milieu, ajouta Stephanie en sirotant son thé, les yeux brillants d'amusement. Penses-y dans une minute.

— Il n'y a pas de discussion possible avec vous deux quand vous êtes lancées.

Stacy observa la cour calme. Ses garçons étaient en ville avec Blue pour faire les courses, et elle en ressentit un étrange chatouillement dans les tripes.

— Je ne connais pas le sujet de cette réunion, mais je dois d'abord dire une chose : c'est une sensation tellement étrange que les garçons soient loin de moi et pas avec l'une de vous. Et pourtant, j'ai beau essayer de m'inquiéter, je n'y arrive pas.

Stephanie posa sa tasse.

— Blue te dirait que c'est parce qu'il est magique, dit-elle en agitant ses doigts, comme pour jeter de la poussière de fée.

Cassidy émit un reniflement de dédain.

— Blue, c'est une concentration mortelle de foutaises et de charme.

— C'est vrai, acquiesça Stephanie avant de se tourner vers Stacy. On a eu un peu plus de temps que toi pour voir le fonctionnement de leur société de loups. Je pense que c'est à cause de la meute et de ces liens dont ils parlent. Non seulement les garçons et toi faites partie de la meute, mais Blue a ce truc spécial de vitamines Omega-superpuissantes. Personne ne s'en prendra aux garçons tant qu'ils seront avec lui.

— Ou avec Jace ou moi, dit Cassidy avec un sourire satisfait. Être Alpha est un truc énorme. Je ne comprends toujours pas vraiment ce que ça implique, mais jusqu'à présent, c'est assez incroyable.

— Tu t'es toujours bien débrouillée en étant aux commandes, souligna Stacy. Surtout quand tu es autorisée à prendre des décisions, et que tu n'es pas constamment contrôlée par des patrons qui veulent te microgérer.

L'expression de Cassidy se fit diabolique :

— Exactement. Quand quelqu'un connaît son travail, il faut le laisser gérer.

Euh-oh.

— Je suis tombée dans ton piège, n'est-ce pas ? demanda Stacy. Je connais cette expression. Et celle-ci – elle pointa un doigt vers Stephanie, qui jubilait. Ne me laissez pas dans le stress.

Sa sœur haussa les épaules.

— Jace veut que tu prennes ces chambres.

— Quoi ?

Stacy était partagée entre parcourir la suite avec excitation, ou se couvrir la tête pour se cacher.

— C'est la meilleure suite de la maison. On pourrait la louer pour une somme astronomique à des snobs prout-prout.

— Premièrement, on ne loura jamais à des snobs prout-prout. Pas à Timberwolf, dit calmement Cassidy. Jace dit que ces chambres sont trop grandes pour un couple mais parfaites pour une famille. Puisque tu as dit que tu voulais être dans le pavillon et non dans un cottage, ça signifie que toi et les garçons devrez avoir des chambres à l'écart. Une des chambres est suffisamment grande pour contenir des lits superposés triples. Et tu as ta propre chambre, parce que tu es une maman mais aussi une personne.

Sa sœur posa une main sur son genou.

— Avant de commencer à protester, Stace, laisse-moi te

dire que j'ai pris une autre des meilleures suites. Elle est très lumineuse et se trouve à côté du spa, ce qui me permettra de travailler tout en m'évadant lorsque j'en aurai besoin.

Stephanie jeta un coup d'œil à Cassidy avant d'ajouter :

— Jace et Blue sont de grands fans du club *grand air frais groaar groaar* !

— Del aussi. Ce qui veut dire que les responsables sont tous d'accord, déclara Cassidy. Jace et moi avons décidé de prendre un cottage parce que ça rend son loup plus heureux que d'être dans la maison. Si tu acceptes d'être raisonnable, tout sera réglé et nous pourrons poursuivre les dernières rénovations et restaurations pour la grande réouverture.

C'était logique, se dit Stacy.

— C'est un très bel endroit et je serai très heureuse ici. Alors merci.

— Nous méritons toutes un peu de confort et de beauté, car on va travailler dur dans les années à venir, déclara Stephanie en sortant un cahier de quelque part. Blue m'a donné un calendrier des dates d'achèvement des travaux. Jace a élaboré une liste d'autres tâches requises pour une clientèle de loups. Et Del a des suggestions en matière de sécurité et autres qu'on devra examiner de plus près.

La mention de Del fit palpiter le ventre de Stacy, mais elle repoussa ce sentiment.

— Quelles sont les prochaines étapes ?

— Notre objectif est d'être prêts pour un long week-end de septembre pour un petit groupe d'habitués soigneusement sélectionnés, expliqua Cassidy. Construction et réparations à terminer, et des choses agréables comme l'aménagement paysager. Le ménage sera fait par une personne extérieure. Le spa de Stacy est suffisamment aménagé pour pouvoir démarrer en douceur.

— Et toi, à la cuisine, avec le couteau de boucher, dit

Stephanie en se frottant les mains. Des repas de base pour les événements quotidiens et les week-ends spéciaux. Peut-être ce menu dégustation que tu as toujours voulu élaborer.

C'était comme un rêve devenu réalité.

— Et de l'aide pour la cuisine ?

Cassidy hocha fermement la tête.

— Il y a Pete, le cousin de Jace. Pas en tant qu'assistant, car ce serait un désastre avec son ego, mais il a dit qu'il pourrait se passer de plusieurs assistantes formées par lui. Elles connaitront donc le métier, et elles seront là pour faire ce que tu demandes.

— Et en ce qui concerne les garçons, tu auras la meilleure des garderies sur place, promit Stephanie. Tu pourras les voir à tout moment, mais ils seront divertis et ne traineront pas dans tes pattes.

C'était plus qu'un rêve. Stacy secoua la tête.

— Comment avons-nous pu avoir autant de chance ?

La question omettait les détails. Comme le fait incroyable que Colt puisse être entouré de loups, d'avoir un endroit sûr pour ses trois fils, pouvoir cuisiner en toute quiétude, être avec ses amies et...

Cassidy se pencha en avant et plongea dans son regard.

— Parfois il arrive de bonnes choses aux bonnes personnes. C'est peut-être juste ça.

En face d'elle, Stephanie grimaça un instant avant que son sourire ensoleillé revienne.

— Vous êtes de bonnes personnes, toi et Cass. Alors oui, il y a du boulot, quelques personnes difficiles à gérer – parce qu'on ne peut pas non plus tout avoir – mais on est ensemble et on peut tout réussir, n'est-ce pas ?

Stacy leva le poing et attendit que ses amis ajoutent le leur.

— Triple puissance : activation.

Les filles lui sourirent gaiement.

— Zippy, prononça Cassidy.

— Zappity, ajouta Steph les yeux brillants.

— Zoom, termina Stacy alors qu'elles tapaient le dos de leurs poings et se redressaient comme si elles étaient prêtes à partir au combat.

Stacy repoussa ses doutes et ses peurs et décida de se concentrer sur la magie de tout cela.

Il y avait beaucoup à apprendre à Timberwolf Lodge : sur les loups et sur la gestion d'une cuisine.

Mais c'était une bonne étape dans sa vie, et elle ne devait pas se laisser distraire par quoi que ce soit, ni qui que ce soit.

Même si elle en mourait d'envie.

Del n'avait pas encore pu avoir cette discussion cruciale qui ferait tourner les roues de sa vie vers son objectif ultime. Il avait à peine confié les garçons à un Blue souriant que Jace l'avait réquisitionné pour l'aider sur un chantier.

— J'ai déjà un vrai travail, lui rappela Del, debout sur le toit de l'un des plus grands cottages, proche de la forêt.

Au sol, en-dessous de lui, Jace se contenta de sourire et de lui jeter un paquet de bardeaux, comme s'il s'agissait d'un oreiller.

— C'est une bonne chose que ton efficacité t'ait poussé à former ton personnel au cabinet, pour qu'ils puissent se débrouiller sans toi.

— Connard, marmonna Del en lui tournant le dos et se mettant à genoux pour clouer la première rangée.

— Hé, c'était un compliment.

Un autre paquet atterrit à sa gauche, à quelques centimètres de sa hanche.

— C'est bon de voir que tu sais encore te servir de tes mains.

— Comme si je pouvais oublier. Les étés étaient un savant mélange entre une liberté totale et des corvées pour oncle Jim.

Un autre paquet de bardeaux atterrit près de lui, encore plus près cette fois. Del l'ignora à nouveau. L'abruti cherchait manifestement à le provoquer. Dans ses rêves !

Une seconde plus tard, le visage souriant de Jace apparut au bord du toit.

— Glisse par ici et laisse-moi passer devant toi. Je vais couper et poser, et tu cloueras.

— Évidemment. C'est logique de laisser les personnes les plus compétentes faire les tâches les plus importantes.

C'était censé être une pique, mais Jace sourit encore plus fort.

— C'est exactement ça, mon brave. C'est exactement ça.

Del termina de clouer la rangée avant de se tourner vers lui.

— Qu'est-ce que tu as fait encore ?

— Moi ? protesta Jace en posant une main sur sa poitrine.

Del leva son marteau, comme pour mesure la distance qui les séparait.

— C'est tellement tentant.

Jace éclata de rire.

— Oui mais non. Tu ne vas pas m'assommer avec un objet contondant, mais tu me remercieras chaleureusement très bientôt.

— D'être un connard ? Tu as vraiment tout compris.

Les plaisanteries entre eux étaient monnaie courante.

Légères et presque ludiques, c'était une façon d'assainir les relations de pouvoir compliquées entre eux.

Lorsque Del était devenu Alpha, quelques années auparavant, il l'avait fait pour de nombreuses raisons, mais jamais il n'aurait avoué avoir sauvé Jace du statut de héros quand il ne voulait pas en être un.

Le comment et le pourquoi n'avaient pas d'importance pour le moment. Le fait que deux loups Alphas extrêmement puissants cohabitent sur le même territoire, était une situation délicate, pas encore totalement réglée.

Jace posa un bardeau et s'assit face à Del.

— J'ai une mission pour toi.

Toute trace de plaisanterie disparut aussitôt. Jace n'avait pris que deux fois le risque de donner un ordre de niveau Alpha à Del et son loup. La première fois, c'était le jour où le commandement de la meute avait changé.

La seconde était maintenant.

Del se figea.

— Oui ?

Des problèmes de sécurité potentiels lui vinrent à l'esprit. Il était le meneur, après tout. Ou peut-être qu'il y avait un problème judiciaire ? Dans ce cas, Del pouvait également s'en occuper avec efficacité.

Son Alpha acquiesça doucement avec approbation avant de déclarer :

— Cass et moi sommes très inquiets.

Cassidy aussi ? Si le couple d'Alphas était inquiet, ça devait être énorme.

— Je ferai tout ce qui est en mon pouvoir pour résoudre le problème.

— Je sais. Et Cass et moi t'aiderons autant que possible, mais je pense que sur cette question, il est important, à la fois de suivre la tradition et d'être un peu avant-gardiste.

Del attendit tandis que Jace hochait lentement la tête, comme s'il rassemblait ses pensées.

— Nous avons une menace potentielle pour la sécurité, expliqua Jace.

Il le savait. La colonne vertébrale de Del se redressa brusquement.

— Au niveau de la meute, ou toi et Cassidy ?

Son cerveau s'emballa et la vérité le frappa aussitôt. Pourquoi n'y avait-il pas pensé plus tôt ?

— Merde, c'est Stacy et les garçons, n'est-ce pas ?

Jace hocha la tête.

— Ne t'en veux pas de ne pas y avoir pensé plus tôt. Je me blâme déjà bien assez.

Del lança un rapide regard autour de lui avant de se tourner à nouveau vers Jace.

— Est-ce que le toit est le meilleur endroit pour cette discussion ?

Son cousin haussa un sourcil.

— Il est difficile de nous entendre et il n'y a aucun appareil électronique à proximité. Je pense que oui.

Cela devait être pire que ce que Del avait imaginé.

— Dis-moi ce que tu sais. Quel est le problème ?

Jace jeta un coup d'œil dans la cour.

— Colt est un loup non dressé. Il vit depuis dix ans sans meute, ce qui signifie qu'il a besoin de guidance. Le mentorat revient généralement à l'un des aînés de la meute, mais comme leur famille vient d'arriver et que Stacy a deux garçons humains, la situation est différente.

— J'avais prévu de proposer à Cassidy d'entraîner Colt, avoua Del.

Son cousin émit un petit rire.

— Bonne nouvelle dans ce cas. C'est elle qui m'a dit ce matin qu'elle voulait que Colt soit formé par toi.

Jusqu'ici rien de grave. C'était même exactement ce que Del souhaitait. Pourtant...

— Elle a eu une longueur d'avance sur moi, hein ?

— C'est souvent le cas des bons Alphas, fit remarquer Jace. C'était pareil avec toi lorsque tu l'étais.

Effectivement. C'est ainsi que Del savait que ce n'était pas sa seule mission.

— Dis-moi le reste.

— Les autres fils de Stacy ne sont pas des loups, mais ils connaissent les loups. Bon sang, ils dorment même avec leur frère sous forme de loup. Leur père n'est plus là parce que, et je cite : *Porter Tremblant était le roi des cons.*

Jace eut alors un regard féroce avant de poursuivre :

— Ce sont les mots de Cassidy. Stephanie était là quand elle a dit ça, et elle a pâli à la simple évocation de ce salaud.

— Et maintenant que Stacy et ses fils sont là, tu te demandes s'il va se pointer et créer des ennuis.

— C'est une vraie possibilité, dit Jace avant de s'éclaircir la gorge. Quelqu'un a envoyé Stacy sur un mauvais chemin pour venir au Lodge. Ces instructions ont failli les tuer, les garçons et elle.

Chaque fibre de Del était en éveil.

— Tu penses que ça pourrait être l'ex ?

Jace secoua la tête.

— Je ne sais pas. D'après Cassidy, même si Porter n'a pas bien réagi à l'annonce du divorce, il a disparu du jour au lendemain. Il semblait croire qu'abandonner Stacy sans soutien financier serait une punition suffisante.

— Il n'a pas levé la main sur eux, n'est-ce pas ? demanda Del d'une voix rauque de colère.

— Pas d'après Cass. Violence verbale et psychologique uniquement. Le jour où Stacy a décidé que ça suffisait, les choses auraient pu dégénérer, mais elle avait prévenu les filles et les avait fait venir en renfort. Porter est parti comme le tyran lâche qu'il était, et Cass a dit qu'ils ne l'ont plus jamais revu.

Sauf qu'il n'y avait aucune preuve qu'il soit vraiment parti, ce qui constituait un risque potentiel pour la sécurité.

Del avait une dernière question.

— Est-ce que Porter était au courant pour Colt ? Que c'était un loup ?

— Pas sûr.

Cela semblait pourtant impossible.

— Pendant combien d'années est-ce que ce type a vécu auprès de Stacy et de Colt ? Il a eu deux enfants avec elle, et n'aurait jamais vu Colt se métamorphoser ?

— Porter est parti quand Stacy était enceinte d'Ace. Il n'est resté qu'un an et demi avec Colt et elle, donc même si c'est difficile à imaginer, ça reste possible. Mais l'info vient de Cassidy : elle est donc de seconde main. Et si elle m'a confié tout ça, c'est parce qu'elle avait le sentiment qu'il le fallait.

Les sentiments d'un Alpha n'étaient pas une chose à ignorer.

— Je vais devoir en parler directement avec Stacy.

Bon sang. L'interroger sur sa vie privée allait être délicat.

— Désolé, mais oui, affirma Jace en grimaçant.

Del décida de se monter positif.

— Je vais former Colt et je la convaincrai de se confier à moi. Mais j'aurai besoin de l'aide de Blue avec Colt. Cet enfant doit avoir quelques talents d'Omega pour ne pas s'être fait remarquer en étant bébé.

— C'est convenu, dit Jace en lui tendant la main. Merci. Je suis heureux que tu sois là pour gérer ces problèmes.

Del hocha la tête.

— Je suis content de le faire. Toi par contre, tu vas devoir gérer des absurdités de niveau Alpha, comme convaincre les anciens autour d'une tasse de thé fade et de biscuits rassis, que tu n'es pas un étranger malfaisant. Nous sommes punis à égalité.

— J'apporterai du whisky à verser dans ma tasse. C'est une punition que si tu n'es pas assez créatif pour rendre l'événement agréable, rétorqua Jace avant de lever les yeux au ciel. Merde, je viens de répéter ce que Blue m'a dit ce matin.

— Un putain de rayon de soleil celui-là.

— Un puits à conneries.

Ils se sourirent, sachant tous deux que Blue était et serait toujours le meilleur. Puis se remirent au travail en discutant de choses et d'autres. Mais le cerveau de Del bouillonnait d'idées, rejetant certaines et analysant d'autres sous un angle différent : les risques de sécurité, la formation de Colt, la sécurité de Stacy, se rapprocher d'elle et des garçons... Il avait tant à faire.

Assez créatif pour rendre l'événement agréable...

Lorsque l'idée parfaite lui vint, Del faillit en tomber du toit. Blue était un génie. Non pas qu'il l'avouerait à son cousin, mais tout de même.

Il continua sa tâche en souriant et en faisant des plans.

3

*E*ntre les mesures prises la veille et ce matin, 6 heures, la cuisine avait complètement changé.

Stacy avait vu le travail effectué lors du dîner, quand les hommes avaient démonté les portes de placards et retiré un plan de travail. Elle, ses fils et Blue avaient dû utiliser la table pour hacher, découper et mélanger de quoi nourrir cinq adultes et trois enfants. Les tacos préparés avaient été engloutis, et avec ses fils, ils avaient été chassés de la cuisine et renvoyés dans leur suite afin de s'installer dans leurs nouveaux quartiers.

Ce matin, la cuisine avait l'air toute neuve.

Elle avait laissé ses fils dormir dans la chambre choisie au départ, – car le déménagement final dans la nouvelle suite était prévu pour aujourd'hui, une fois que Jace aurait terminé de monter les lits superposés des garçons – et était descendue pour réfléchir aux menus de la semaine.

Elle s'arrêta devant la porte, impressionnée par ce qu'elle voyait : plans de travail en acier inoxydable qui scintillaient de chaque côté des triples éviers, lave-vaisselle intégré, un damier en bois sur le plan de travail, espace cuisson, garde-manger aux larges portes. La plus grande pièce contenait des étagères pour les produits secs ainsi qu'un congélateur armoire professionnel.

Stacy pivota lentement sur elle-même. Les murs avaient été peints en bleu, et lui permettaient d'y accrocher des tableaux. Un immense réfrigérateur, et toutes les casseroles, poêles et ustensiles dont elle avait toujours rêvé se trouvaient là.

La cuisine était à la fois son langage d'amour et sa zone de confort. Elle avait eu cette révélation le jour où elle avait réalisé combien les bons petits plats pouvaient faire changer les expressions et illuminer les cœurs.

La nourriture n'était pas de l'amour, mais une façon d'en délivrer.

Lorsque le projet Timberwolf Lodge avait surgi, l'idée d'être chef cuisinière l'avait à la fois enthousiasmée et effrayée. C'était une tâche énorme, mais dans ses compétences. Un métier qu'elle avait brièvement exercé avant de cesser de travailler pour s'occuper de Colt. Créer ses recettes, préparer les menus et gérer les aspects financiers était un défi réalisable.

Et c'était ici que tout allait commençait. Stacy retroussa ses manches et sourit en se dirigeant vers l'immense réfrigérateur qu'elle ouvrit pour voir ce qu'elle pourrait bien préparer ce matin.

— Toc, toc. Il y a quelqu'un ? demanda une voix tandis que quelqu'un frappait à la porte arrière.

Stacy se dirigea vers la porte et y vit une jeune femme accompagnée d'une petite fille avec des nattes pendant de chaque côté de sa tête.

— Bonjour, dit Stacy.

La femme tendit sa main libre.

— Sophie Chevron. Et voici Dixie.

Dixie mit son pouce dans sa bouche et se cacha contre la jambe de sa mère. Sophie la souleva et la serra contre elle.

— Désolée, elle est encore endormie. J'ai dû la réveiller pour être à l'heure.

Stacy les examina, incertaine quant à ce qu'elle devait faire.

— Vous cherchez une chambre ?

Les yeux de Sophie s'écarquillèrent, puis un sourire s'épanouit sur sa bouche.

— Je suis l'aide-cuisinière. Je parie que Pete a oublié de dire que je devais passer.

Oh mon Dieu. Stacy recula rapidement et leur fit signe d'entrer.

— Je suis vraiment désolée. Je savais que quelqu'un travaillerait avec moi, mais on ne m'a pas donné de date.

— Il n'y a pas de meilleur moment que le présent, déclara joyeusement Sophie en guidant Dixie vers une chaise et l'y installant.

Elle plaça alors un sac rempli de livres de coloriage et de jouets à côté d'elle.

— Reste là pour l'instant, chérie, et joue tranquillement. Maman va te chercher quelque chose à manger dans un instant.

— D'accord, dit Dixie en regardant Stacy avec de grands yeux.

— Vous voulez la recoucher ? demanda Stacy. On peut lui trouver un lit.

— Elle se lève tôt généralement, dit Sophie en ébouriffant les cheveux de sa fille. Et on m'a promis que Marvin serait là à 7 heures.

Marvin. Stacy chercha le nom dans sa mémoire, certaine que sa sœur et Cassidy en avaient parlé récemment. *Marvin...*

Elle éclata de rire en réalisant :

— L'élan.

— Oui, c'est un métamorphe élan, acquiesça Sophie en sortant un énorme tablier de son sac à main et l'enroulant autour d'elle. Quand j'ai signé le contrat de travail avec Jace, il m'a dit que la garderie serait incluse et que Marvin s'occuperait de Dixie...

Elle lissa le devant de son tablier en évitant le regard de Stacy.

— Pour être honnête, c'est ce qui a fait pencher la balance pour ce travail, poursuivit-elle avant de s'empresser d'ajouter : Je veux dire, travailler ici sera merveilleux, j'en suis sûre, mais Marvin est le meilleur expert en matière de garde d'enfants de la région et Dixie l'adore.

— C'est bon à savoir. Mes garçons ne sont pas toujours faciles.

Stacy réfléchit un instant. Un métamorphe élan en tant que nounou. Elle n'aurait jamais imaginé une chose pareille.

— Commençons à préparer le petit déjeuner et le café, car entre Marvin qui doit passer à 7 heures et mes trois fils affamés au réveil, on a du pain sur la planche pour que tout soit près d'ici vingt minutes.

Elle versa un verre de jus d'orange pour Dixie, et installa la petite dans le coin le plus confortable de la banquette. Puis, alors que Dixie étalait joyeusement ses crayons sur la table et commençait son coloriage, Stacy et Sophie inspectèrent les placards pour faire le point.

Elles parlèrent en préparant le café et en faisant griller le bacon et le jambon dans des poêles en fonte. Puis Sophie prit la recette de biscuits que Stacy lui tendait et versa les ingrédients dans un bol sans interrompre leur conversation.

Stacy se retrouva à écouter plus qu'à parler, appréciant cette jeune femme brillante et ouverte.

— La meute est géniale dans l'ensemble, lui assura Sophie après un moment particulièrement riche en potins. Il y a toujours quelques personnes avec qui on ne s'entend pas, mais on ne peut pas aimer tout le monde, n'est-ce pas ?

— Bien sûr.

— C'est tellement excitant de voir Timberwolf Lodge rouvrir. J'ai entendu tellement de belles histoires, dit Sophie en déposant des cuillerées de pâte sur une plaque à biscuits avant de glisser le moule dans le four chaud. L'endroit était pratiquement fermé quand j'ai emménagé ici, mais la tante Rachel et l'oncle Jim de Jace sont des légendes.

— C'est aussi la tante de Jace, Blue et Del, n'est-ce pas ?

Stacy s'était efforcée de ne pas ressembler à une adolescente énamourée en prononçant le nom de Del.

— Oui, et de Pete. Et Chloe, Scott, Logan et...

Sophie fronça les sourcils en se lavant les mains dans l'évier.

— Il y a beaucoup de cousins.

— Maaaaaaaman.

Ace se tenait devant la porte de la cuisine, les yeux ensommeillés et serrant son dragon en peluche dans ses mains. Stacy le prit dans ses bras.

— Bonjour mon grand. Tes frères sont réveillés ?

Il acquiesça.

— Blaze a sauté sur le lit et Colt est tombé. Mais il était...

Il se tut brusquement, et la somnolence disparut alors que son regard se tournait vers la femme dans la cuisine et la petite fille dans le coin.

— Bien. Il va bien.

Ce qui signifiait que Colt était toujours sous sa forme de loup.

Le fait que son petit garçon, qui n'avait pas encore six ans, sache que les secrets devaient être gardés, brisa le cœur de Stacy.

Ils levèrent tous les yeux quand on frappa à la porte. Un homme immense se tenait là, une barbe couleur sable nouée sous son menton et ses cheveux pendant librement autour de ses épaules comme ceux d'un guerrier viking. Il n'était ni sale ni négligé, juste très grand et d'un aspect sauvage.

Sophie rougit.

— Marvin. Voici Stacy.

— On s'est rencontrés au petit déjeuner, le lendemain de ton arrivée, dit-il poliment. C'est un plaisir de te revoir.

— De même.

Marvin passa en revu les personnes présentes : Ace dans les bras de sa mère, Dixie qui était debout sur la banquette, Blaze et Colt – désormais humain –, qui venaient d'arriver, les cheveux ébouriffés et en pyjamas.

— Voilà donc mes copains. Salut, les enfants. On commence la journée ? dit Marvin en entrant dans la cuisine et tapotant doucement l'épaule de Stacy. Courage maman. Ça va bien se passer.

Quelques instants plus tard, tel le joueur de flûte mais en version poilu, Marvin installait les enfants à table autour de lui. Stacy et Sophie posèrent les plats sur la table.

La première étape d'une nouvelle vie commençait, songea Stacy pendant que les enfants mangeaient et que le reste du groupe se joignait à eux.

〜

Enfant et adolescent, Del avait toujours trouvé Timberwolf Lodge agréable. Mais la cuisine était différente à présent, songea-t-il alors qu'il buvait son café et discutait avec Blue. Il prit un biscuit dans l'assiette que Stacy lui tendait, et échangea un regard significatif avec Jace et Cassidy.

La maison n'avait pas changé, mais c'était le fait qu'*elle* soit ici. Stacy devenait déjà le cœur de la cuisine.

— Monsieur Del, dit Blaze en sautillant sur son siège avec enthousiasme.

— Maître Blaze ? rétorqua-t-il.

— Comment appelle-t-on un loup froid ? demanda le garçonnet en s'appuyant contre la table.

Del réfléchit puis secoua la tête.

— Aucune idée.

Blaze sourit de plus belle.

— Un chili dog !

Des grognements et des ricanements éclatèrent autour de la table.

— Et sur ce, on y va les enfants, dit Marvin en ébouriffant les cheveux de Blaze. Allons à l'étage enfiler vos tenues de combat avant que toute la matinée passe.

— Tenue de combat ? demanda Blaze en fronçant les sourcils.

— Un mot de code pour ne pas traîner en pyjama toute la journée, dit Marvin en se tapotant la bouche. De plus, on a des microbes à combattre. La gingivite et la plaque dentaire guettent et nous ne pouvons pas baisser la garde.

— Au revoir, maman. Nous allons combattre Gingi Vite, déclara solennellement Ace avant de l'embrasser.

— Tu le vaincras, je le sais, répondit-elle tout aussi sérieusement.

Colt lança un regard pointu à Del avant de suivre Dixie et ses frères hors de la pièce.

— Cass, j'ai besoin de toi dehors pour décider de l'aménagement du jardin, annonça Jace.

— Steph, tu dois choisir l'emplacement de la tuyauterie dans ton spa, sinon ça ne sera pas de ma faute si l'eau de ton spa se met à faire des bulles dès que quelqu'un tire la chasse d'eau dans une des chambres, dit Blue en l'entrainant à sa suite. Je sais, je sais, ton spa sera tellement zen que personne ne le remarquera, mais moi si, et je serai hanté pour toujours par les fantômes d'une mauvaise plomberie.

— Surtout pas, marmonna Steph. D'accord, mais après tu m'aideras avec la peinture.

La cuisine se vida en deux minutes chrono, laissant Del, Stacy et Sophie seuls. Sophie montra le lave-vaisselle et sourit bravement tel un gladiateur.

— Je vais au combat moi aussi.

— Je vais t'aider..., dit Stacy.

— Je dois d'abord te parler, l'informa Del. Désolé, Sophie.

— Pas de problème. Je veux découvrir la nouvelle machine par moi-même, rétorqua celle-ci en sortant le manuel d'instructions de sa poche. Je... je lis toujours les modes d'emploi, d'accord ? Et les gens qui ne le font pas me rendent dingue. Alors allez discuter. Je suis heureuse.

Del n'avait pas l'intention d'avoir cette discussion autour de la table. Il pencha la tête vers l'entrée.

— Suis moi, dit-il en ouvrant en grand l'immense porte qui faisait penser à l'entrée du repaire d'un géant.

Dehors, le porche qui s'étendait sur toute la longueur du Lodge n'était que confort. Il y avait là plusieurs coins salons, une balancelle, et quelques chaises Adirondack confortables.

Il conduisit Stacy vers des sièges tournés vers la montagne plutôt que l'une vers l'autre. Supprimer la pression du contact visuel pourrait rendre cela plus facile.

Elle s'assit, et lissa son pantalon. Ses cheveux noirs, coiffés en une queue de cheval soignée, étaient assez longs pour lui tapoter la nuque. Ses grands yeux marron avaient des reflets dorés et ses douces lèvres souriaient chaque fois qu'elle était auprès de ses fils.

Un sourire absent en ce moment.

Il aurait pu continuer à l'observer, mais il réalisa soudain qu'il allait finir par lui faire peur. Comment faire ne pas l'effrayer, mais ne pas non plus se laisser repousser facilement ?

— Un problème ? demanda-t-elle finalement.

— Ça pourrait le devenir.

En la voyant écarquiller les yeux, Del grimaça. Il était avocat, bon sang. Il était capable de deviner en un instant l'atmosphère d'une pièce, et d'influencer les gens comme il le souhaitait. En tant qu'Alpha, il pouvait créer un tourbillon de confiance rien qu'en respirant.

Mais pour le moment, il ignorait totalement ce qu'il devait faire.

Instinctivement, il lui prit la main.

— Tu te souviens juste après ton arrivée, quand tu m'as dit que tu avais besoin d'amis ?

Elle acquiesça lentement.

— J'ai dit que j'en serais un. C'est de ça dont tu dois te souvenir en ce moment. Je suis ton ami. Je veux le meilleur pour toi et pour les garçons. D'accord ?

Un autre lent hochement de la tête.

— Tu me fais un peu peur.

Il lui serra les doigts puis se força à la relâcher.

— Non. Je veux juste que tu sois consciente de mes

bonnes intentions quant à ce que j'ai à dire. Ce n'est pas pour t'effrayer ou t'embêter, mais parce que je suis ton ami. Tu veux bien garder ça en tête ?

Stacy se recula sur son siège, créant une distance entre eux.

— Je m'efforcerai de garder mon sang-froid.

— N'allons pas trop loin, plaisanta-t-il. Contente-toi de me laisser finir sans me donner des coups de pied, d'accord ?

Elle renifla avec dédain avant de répondre :

— D'accord.

Del leva trois doigts.

— J'ai trois questions à aborder : une facile, une difficile et une normale.

Les yeux de Stacy s'écarquillèrent un instant avant de se rétrécir.

— Tu nous as écoutées, Cass, Steph et moi ?

Ce fut au tour de Del de paraître étonné :

— Euh, non ?

— Les trois ours ? dit-elle en agitant la main. Bon, peu importe. Continue.

— Premièrement, Colt a besoin d'être entraîné à la vie de loup. Il a incroyablement bien réussi. Vous tous, avez bien réussi. Nos jeunes loups sont généralement sous la surveillance de loups plus expérimentés, et je lui ai proposé d'être son tuteur.

Elle déglutit avec effort.

— C'est... Eh bien, c'est super. Absolument. Il en a besoin et j'aurais aimé pouvoir lui offrir ça plus tôt, déclara Stacy en hochant fermement la tête. C'était donc la question facile. Et merci. Avec toutes tes responsabilités, je suis très reconnaissante que tu veuilles t'occuper de lui.

— C'est avec plaisir, dit-il avec sincérité.

Stacy le regarda avec suspicion.

— Une facile, une difficile et une normale. Je ne vais pas aimer la numéro deux, n'est-ce pas ?

Il secoua la tête.

— Nous devons parler de ton ex.

4

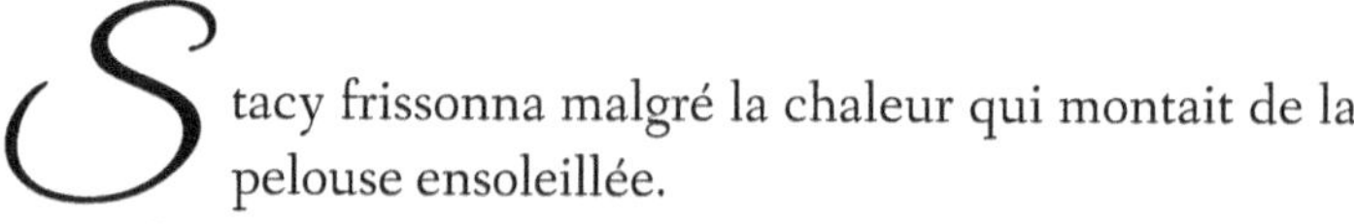

Stacy frissonna malgré la chaleur qui montait de la pelouse ensoleillée.

— Mon ex-mari ?

La mâchoire carrée de Del se contracta, comme s'il serrait les dents de devoir parler de cet homme.

— Je sais que c'est difficile pour toi. Encore une fois, n'oublie pas que je suis ton ami, dit-il en fixant Stacy de ses yeux bleu nuit. Mais je suis aussi un loup puissant chargé de veiller à la sécurité de la meute.

— Je comprends, dit-elle d'une voix basse et mal assurée malgré ses efforts pour parler avec fermeté.

Elle se remémora alors le dernier regard furieux de Porter, et en eut la chair de poule. L'expression de Del se fit sauvage et son corps se raidit.

— Stacy. Je peux être franc ?

Quand elle acquiesça, Del prit ses doigts dans les siens.

— Pendant que j'enseignerai à Colt comment être un loup, tu en apprendras également plus sur nous. En ce moment, tu dois savoir que je suis un loup mâle Alpha qui sent que tu as peur, et que ça me tue de ne pas te prendre dans mes bras pour te réconforter.

Quelqu'un voulait la protéger de l'inconfort de parler du passé ?

Non, pas quelqu'un : Del.

Stacy n'aurait su expliquer son geste, mais il fut dicté par son intuition. Elle se leva et fit un pas pour se placer entre ses genoux ouverts, et s'y laissa tomber, comme aurait pu le faire l'un de ses fils.

Elle se sentit aussitôt réchauffée : sous ses fesses avec les longues cuisses musclées de Del, et sous sa main qu'elle posa sur son torse puissant.

À l'instant où elle le toucha, il parut s'adoucir : la tension au coin de ses yeux diminua et sa mâchoire se desserra légèrement.

— Je ne l'avais pas vu venir, dit-il en fixant sa bouche.

Le commentaire amusa la jeune femme et elle ne put s'empêcher de sourire.

— J'aime être imprévisible.

Del se détendit et prit une profonde inspiration.

— Merci. Ça va beaucoup mieux.

Stacy sentit qu'elle n'allait pas tarder à se jeter sur lui et l'embrasser désespérément si elle ne faisait pas quelque chose rapidement.

— Pour moi aussi, acquiesça-t-elle.

Puis elle détourna le regard et pressa la joue contre son torse en le serrant dans ses bras pendant qu'il s'adossait au dossier de sa chaise.

— Ça te va comme ça ? demanda-t-elle.

Il hocha la tête, et dans le mouvement sa barbe s'accrocha légèrement aux cheveux de la jeune femme.

— Et toi, ça te va comme ça ? demanda-t-il en la serrant prudemment dans ses bras.

À présent qu'elle était complètement réchauffée et se sentait protégée, son cœur fit un petit battement étrange qui lui picota les orteils.

— Oui. Je me sens... bien. Je suis en sécurité.

— Tu l'es, affirma-t-il d'une voix grave et la respiration quelque peu irrégulière. Tu peux me raconter l'histoire, maintenant ? S'il te plaît ?

— À propos de mon ex ?

— Ce que tu peux m'en dire. Comment ça s'est terminé et de ce que Porter pourrait savoir sur les loups.

C'était tellement plus facile d'en parler sans le regarder. Non pas qu'elle s'attende à être jugée, mais parce qu'elle s'en voulait terriblement de ne pas avoir été assez intelligente pour fuir cet homme.

— Je dois commencer l'histoire avant Porter. Mon premier mari, James Moraine, était militaire. Je suis tombée enceinte juste avant son départ pour sa troisième mission. Il est mort au combat, en tant que soldat de la paix, avant que je puisse lui annoncer que Colt était en route.

— Et James ne t'a jamais dit qu'il était un métamorphe ?

Stacy secoua la tête, sa joue effleurant sa chemise en lin soyeuse.

— C'était peut-être un solitaire ? J'ignorais qu'il avait un si grand secret, même après trois ans de mariage. Mais il était doux et gentil, et je ne lui en veux pas. C'était un homme bon et je l'aimais.

Pourtant, le savoir l'aurait aidé à prendre soin de Colt, mais elle ne pouvait pas remonter le temps.

— Mes condoléances.

Ces mots auraient pu paraître bizarres, avec elle assise sur ses genoux, mais sa déclaration fut dite avec une honnêteté évidente.

Elle lui tapota la poitrine.

— Merci. Mais je te l'ai dit pour que tu comprennes mes choix ensuite. Quatre ans plus tard, lorsque Porter est arrivé en disant qu'il connaissait James et qu'il voulait passer du temps avec moi, je lui ai donc fait confiance.

Les bras de Del ne se resserrèrent pas, mais elle sentit qu'il écoutait très attentivement.

— Continue.

Il n'y avait qu'une façon d'en finir avec cette histoire et c'était de le faire rapidement.

— Porter était gentil lui aussi. Il a commencé par des visites où nous parlions de James, et c'était incroyable. Quand il a vu Colt, il en était presque excité, ce que j'ai trouvé très agréable par rapport aux hommes avec qui j'avais essayé de sortir et qui fuyaient avec horreur en découvrant que j'avais un enfant de trois ans.

La tristesse la recouvrit telle une couverture. Del la serra doucement et elle continua :

— Je suis rapidement tombée amoureuse. Il m'a conquise, nous nous sommes mariés et un mois plus tard, j'étais à nouveau enceinte.

C'était le moment de l'histoire où Stephanie et Cass se moquaient toujours de la fertilité de Stacy, mais elle préféra ne pas l'évoquer.

— Arrivée aux trois mois de grossesse, Porter n'était plus aussi... gentil. Il était tout le temps distrait et avait du mal à garder un emploi. J'ai dû retourner travailler et il est resté à la maison avec Colt. Lorsque ma grossesse s'est compliquée et que j'ai dû arrêter trois mois avant la naissance de Blaze, Porter n'a montré aucune émotion.

Elle marqua une pause en se demandant d'où provenait le grondement. Un instant plus tard, elle se redressa en regardant le visage de Del.

— Est-ce que tu grognes ?

— Peut-être. Je suis énervé et j'ai bien envie de retrouver ce salaud pour l'attacher par les couilles, dit-il calmement, comme s'il discutait d'une simple transaction. S'il te plaît continue.

Elle lui prit la joue.

— Il n'y a pas grand-chose à ajouter. Porter ne nous a jamais frappés, ni moi, ni les garçons, mais il criait et lançait des objets. Il avait la manie de surgir des recoins, comme pour nous faire peur. Quand j'ai suggéré qu'il était temps qu'il trouve un emploi, il m'a dit de retourner au travail et qu'il s'occuperait des garçons.

Elle fit une grimace avant d'ajouter :

— Sauf qu'il ne l'a pas dit aussi gentiment. J'étais tout juste enceinte d'Ace quand Stephanie et Cassidy m'ont finalement convaincue que Porter était plus un danger qu'un partenaire. Je lui ai donc donné les papiers du divorce.

Les yeux de Del se rétrécirent.

— Il ne les a pas contestés ? Il n'a pas demandé la garde des garçons ?

— Non. Faire partie de leur vie ne l'intéressait pas du tout. Il est parti et je ne l'ai plus jamais revu ni entendu parler de lui. Je ne voulais pas de pension alimentaire pour ne plus avoir affaire à lui, et j'ai légalement changé nos noms de famille en Moraine dès que possible.

Et il n'y avait rien d'autre à dire à propos de ce salaud, du moins en ce qui la concernait.

— Maintenant, j'ai besoin de quelque chose, dit-elle en posant son autre main sur la joue de Del.

— Réchauffer tes doigts froids ? demanda-t-il en haussant un sourcil.

Stacy secoua la tête.

— Satisfaire ma curiosité.

Elle rapprocha son visage jusqu'à ce que leurs lèvres se touchent.

~

IL NE L'AVAIT pas vu venir celle-là non plus. Mais alléluia et carrément oui ! Del tempéra son désir et garda ses mains posées sur elle au lieu de l'enlacer et prendre le contrôle.

Émotionnellement, il eut l'impression de se retrouver sur des montagnes russes et d'être propulsé dans la stratosphère.

Il avait été tour à tour en colère, triste, puis blessé pour elle. Furieux de son ex-mari de ne pas avoir compris le privilège de faire partie de son monde.

Tout cela était à présent balayé par la nouvelle tournure que prenait leur relation. Ce moment était parfait. Le doux mouvement de sa bouche sur la sienne. La chaleur de son corps pressé contre lui. La caresse de sa langue sur ses lèvres...

Quelque chose entre un gémissement et une plainte gronda du plus profond de lui alors qu'il explorait délicatement ses lèvres et se laissait aller au bonheur d'avoir sa compagne, sa future partenaire et son amour prédestiné auprès de lui.

Il avait toujours adoré son odeur, mais à présent son goût l'envahissait... une sensation d'extase, comme s'il goutait au meilleur vin ou à un scotch vieilli. Ou qu'il avait une aventure torride qui les laisserait tous deux satisfaits et à bout de souffle.

Trop de désirs. Trop de besoins.

Del caressa ses bras doux et souples, et savoura le délicat parfum de l'excitation croissante de Stacy.

Quand elle recula, il la laissa faire, et ils restèrent ainsi à se fixer, à quelques centimètres de distance. Del, parce qu'il n'était pas un idiot et qu'il n'avait pas l'intention d'interrompre ce qui se passait entre eux.

Stacy parce qu'elle semblait chercher dans l'âme de Del, une réponse à l'univers.

— Tu n'as pas à t'arrêter, déclara Del en tentant de prendre une voix légère, quand le silence se prolongea entre eux.

— Je ne veux pas m'arrêter, et c'est justement le meilleur indicateur pour que je le fasse.

— Chaque fois que tu auras besoin de satisfaire ta curiosité, je serai à ta disposition, lui assura-t-il.

— C'est chose faite, dit Stacy en souriant. Mais ça ne faisait pas partie de ta liste.

— La vie ce n'est pas que des choses à cocher sur des listes.

Stacy posa une main sur ses lèvres comme si elle était sous le choc.

— Oh mon Dieu. Ne dis pas ça à ma sœur. Quel blasphème.

Il riait encore lorsqu'elle se leva de ses genoux pour s'installer confortablement à sa propre place.

— Ça ira, tout seul sur ta chaise ? demanda-t-elle.

— Peut-être. Je te ferai savoir si je tremble.

— Donc la partie que je devais détester est presque terminée. Et tu avais raison. Parler de Porter est l'une des choses que j'aime le moins au monde, mais je comprends que tu aies besoin de savoir. La sécurité et tout ça.

La seule raison qui aida Del à résister à l'envie de la ramener sur ses genoux, était l'odeur d'assurance qui émanait à présent d'elle. Comme si le temps passé dans ses bras et le baiser qu'ils avaient partagé avaient permis à Stacy de retrouver sa confiance.

L'idée qu'il puisse être un roc pour elle lui parut enivrante.

— Oui, la sécurité de la meute Jasper, et de Timberwolf Lodge. Mais aussi parce que les métamorphes sont une chose secrète. Ton premier mari en était visiblement un. Penses-tu que James aurait pu le dire à Porter ? Ou que Porter l'a découvert quand ils étaient en mission ?

Stacy réfléchit.

— Je ne sais pas. J'ai le sentiment que James n'a rien dit. Après tout, il ne m'en a pas parlé, et il m'aimait. Pourquoi l'aurait-il dit à un collègue ? émit-elle avant de grimacer. Ou peut-être que je refuse de l'accepter, parce que ça me blesse que James me l'ait caché ?

Del décida de la rassurer.

— Non. James semblait être un solitaire. On a déjà vu ça. Ceux qui choisissent de vivre en dehors des meutes ne parlent pas de leur statut de métamorphe, pas même à leurs amis les plus proches. Certains se métamorphosent même rarement.

Stacy poussa un léger soupir.

— Pauvre James. Je suis désolée de ne pas avoir su, ne serait-ce que pour lui assurer que je l'aurais accepté, tu comprends ? Pour lui dire que je l'aimais pour ce qu'il était, et que rien n'aurait pu changer ça.

— Je suis sûr qu'il le savait.

Del ne pouvait concevoir que l'homme n'ait pas vu le joyau qu'était Stacy.

— Alors que Porter connaisse James était une coïncidence ? Il t'a courtisée juste... parce que... ?

Une myriade d'émotions se lut sur le visage de la jeune femme : surprise, réflexion, inquiétude.

— Tu te demandes si Porter a découvert l'existence des

loups grâce à James – peut-être en l'espionnant – et qu'il serait venu me retrouver pour en savoir plus ?

— Porter pensait peut-être que tu étais un loup, toi aussi.

— Et comme il n'a rien trouvé, il s'est désintéressé et est devenu méchant ?

La tristesse qui émana d'elle le frappa comme un coup de maillet.

— Tu vas revenir sur mes genoux si tu continues, la prévint-il.

— Euh, comment ? dit-elle en le regardant.

Il haussa les épaules.

— Ce n'est pas de ta faute. Je suis juste programmé pour être sensible à ce que tu ressens.

— Parce que tu es le meneur, déclara-t-elle joyeusement.

La laisser dans l'erreur quant au lien qui les unissait, lui parut malhonnête, mais Del préféra abandonner pour le moment.

— En conclusion, Porter a disparu et tu n'es pas certaine qu'il ne connaissait pas l'existence des métamorphes.

— Je l'ai mis à la porte à cause de son comportement et parce que j'avais compris que notre relation ne s'améliorerait jamais. Était-il au courant pour Colt ? dit-elle en haussant les épaules. J'avais des soupçons, mais je n'ai jamais pu les confirmer, et il n'a jamais rien dit. Je ne peux pas t'en dire plus.

— C'est plus que suffisant.

S'il voulait d'autres informations sur ce salaud, il irait voir auprès de Cassidy. Il comptait également contacter les meutes de la région de Toronto pour leur demander de garder un œil sur ce fauteur de troubles afin de s'assurer qu'il ne préparait pas un coup tordu.

Stacy jeta un coup d'œil à sa montre.

— Je dois retourner en cuisine pour aider Sophie. On a vu le bon et le mauvais. Il reste le dernier, Monsieur le meneur. C'est censé être le plus amusant.

Il est temps. C'était imprudent, stupide et bien trop rapide mais les mots s'échappèrent d'eux-mêmes.

Il leva un doigt.

— Je suis le mentor de Colt, dit-il avant de lever un second doigt. Je vais vous protéger, – un troisième et dernier doigt – et je veux que tu sortes avec moi.

5

Après la discussion éprouvante qu'elle venait d'avoir, on pouvait aisément pardonner à Stacy d'être un peu à cran. Cependant, rire au nez de Del n'était sûrement pas la bonne réponse.

Elle se ressaisit aussi rapidement que possible, mais ne put réprimer son sourire.

— Je suis vraiment désolée. C'est terriblement impoli de ma part. Mais quoi ?

— Je t'aime bien. Beaucoup même, se corrigea Del. Je sais que ça peut sembler rapide, et je sais que tu viens d'arriver à Timberwolf Lodge et que tu dois t'installer, t'adapter et tout le reste. Mais je vais être franc : j'aimerais sortir avec toi pour plein de raisons, et je ne vois pas pourquoi nous devrions attendre.

— Et si je ne voulais pas sortir avec quelqu'un ? Peut-être que je n'ai pas besoin de sortir avec quelqu'un, souligna Stacy. J'ai une vie bien chargée.

— Est-ce que tu m'apprécies ?

Il avait posé la question avec une telle sincérité qu'elle ne put mentir.

— Je ne te déteste pas.

Il la caressa du regard avec une telle douceur qu'elle sentit son corps la picoter.

— Tu m'as embrassé, dit-il. Tu me regardes en ce moment, et je sais que tu voudrais peut-être... plus que m'embrasser.

Oh mince. Elle n'allait quand même pas mentir. Il fallait rapidement changer de sujet.

— Si c'est un truc de loup, arrête tout de suite. Pourquoi veux-tu sortir avec moi ?

— Je veux que la meute sache que tu es acceptée. Tu dois être vue en compagnie d'un leader pour montrer que tu as ta place ici. Sortir avec moi serait un bon moyen pour ça.

Elle comprenait ce que signifiaient les mots, mais pas l'ordre dans lequel il les prononçait.

— Ça serait donc un faux rencard pour que la meute m'accepte moi, l'humaine ?

— Un vrai rencard, avec en prime que les loups voient que tu comptes pour moi.

Ils ne se comprenaient toujours pas. Stacy secoua la tête.

— Donc l'idée serait qu'on se voie plusieurs fois pour faire comprendre à la meute que je suis une gentille fille, et si je ne veux pas continuer, tu me laisseras partir ?

Del fronça les sourcils.

— Ça aura l'air flippant si je dis non, mais... non, dit-il avec hésitation. Je ne m'opposerai pas directement à tes souhaits, mais je te ferai changer d'avis, et je trouverai le moyen de t'inciter à passer du temps avec moi.

— C'est toujours aussi flippant.

— Je m'en rends compte. Désolé, c'est le fait d'être compa... un mâle. Un mâle métamorphe, se corrigea Del en s'éclaircissant la gorge. Les métamorphes ne fonctionnent pas avec les mêmes règles que les humains. Notre meute n'approuve pas les connards de dominateurs, mais... en fin de compte, même les loups Alphas corrects sont en quelque sorte des connards de dominateurs.

Il se passa alors une main sur la nuque avant de poursuivre, de plus en plus embêté :

— Merde. Je ne vois aucun moyen de sortir de cette conversation en gardant mes couilles intactes.

Elle éclata de rire.

— Ça va aller. Je crois que je vais avoir besoin de prendre des leçons sur les loups, tout comme Colt.

Del hocha la tête.

— Il y a encore d'autres choses, mais tout comme je ne dévoilerai pas à Colt toutes les informations sur les métamorphes dès la première leçon, je ne vais pas le faire avec toi non plus.

— C'est logique.

Un rapide éclair de culpabilité apparut sur le visage de Del, mais disparut l'instant suivant. D'autres secrets ? se demanda Stacy. Il devait sûrement tant y en avoir... à propos du monde et d'eux.

Très bien, mais son problème était l'ici et le maintenant. Stacy réfléchit un instant et décida d'être honnête :

— Ce n'est absolument pas pour ça que je suis venue à Jasper. Il est vrai que je t'apprécie beaucoup. Depuis qu'on s'est rencontrés, tu m'as montré que tu étais une personne attentionnée et prévenante. Et comme tu sembles sentir mon intérêt pour toi, je dirais que ça fait longtemps que je n'ai pas été proche d'un homme physiquement. Mais l'intérêt pour le sexe n'est pas la même chose que de ressentir le besoin d'avoir un homme dans ma vie. Je ne suis pas un cadeau en tant que petite amie.

— Je veux bien prendre le risque, répondit immédiatement Del.

— Alors tu dois me promettre d'arrêter si je ne veux pas aller plus loin. Je ne veux pas avoir à appeler Cassidy pour qu'elle use de sa voix magique d'Alpha pour te neutraliser.

Au lieu de grimacer, il sourit.

— Je suis content que tu l'aies dans ta vie, mais tu n'auras jamais besoin de cette sécurité, je le promets.

— Certaines choses ne sont pas négociables. Nous ne devons pas perdre de vue le plus important : la formation de Colt et la sécurité de la meute. Et Timberwolf Lodge doit absolument devenir rentable. Toi et moi sommes un intermède, et les intermèdes sont amusants tant qu'ils sont amusants. Mais quand c'est fini, c'est fini, d'accord ?

Les yeux de Del se mirent à briller.

— Quand c'est fini, c'est fini. Ça me va.

Elle aurait juré l'entendre marmonner *jamais* dans sa barbe.

Stacy prit sa main tendue et la serra solennellement comme s'ils étaient dans une salle de réunion et non sur le porche de la maison. Comme si elle ne venait pas d'accepter de sortir avec lui après qu'ils s'étaient embrassés et avaient partagé des secrets et des pensées intimes pendant une heure.

Il l'aida à se relever, et en profita pour la presser contre lui. Il dit alors, d'une voix grave et grondante qui la fit frissonner :

— Je dois donc commencer à planifier notre premier rendez-vous. Demain sera le premier d'une longue série. Je t'enverrai un SMS, murmura-t-il près de son oreille. Et j'ai hâte de t'aider concernant tes problèmes de proximité physique avec les hommes. En tant que meneur, bien sûr.

— Pour éviter les problèmes de sécurité ? chuchota-t-elle.

— Cette tension refoulée pourrait être très dangereuse, dit-il en passant la langue le long de son cou et provoquant en elle une sorte de mini orgasme qui la traversa. Tu vois ? Mais pour l'instant, retournons travailler.

Elle atterrit dans la cuisine quelques instants plus tard, tandis que Del se dirigeait nonchalamment vers son véhicule. Le cerveau de Stacy était un tourbillon de confusion, et une chaleur brûlante réchauffait son ventre.

Stephanie entra dans la pièce, s'arrêta devant elle et l'examina avec inquiétude.

— Quel camion vient de te renverser ?

Stacy cligna des yeux.

— J'ai un rendez-vous.

Sa sœur en resta bouche bée.

— Un quoi ?

Choquer Stephanie était toujours une victoire. Stacy désigna la fenêtre alors que le pick-up sportif de Del remontait l'allée et s'éloignait du Lodge.

— Un rendez-vous. Avec Delaney, dit-elle en se laissant tomber sur une chaise avec un grand sourire.

Bienvenue à Timberwolf Lodge, songea-t-elle. *Là où l'inattendu peut frapper à tout moment.*

— ET MAINTENANT, je dois organiser quelque chose, mais je me sens comme un adolescent à son premier rendez-vous, expliqua Delaney avant de se tourner vers Jace. Arrête de sourire comme un dératé. Ce n'est pas drôle.

— Je trouve que si, lui dit Jace.

— Hilarant de mon point de vue également, renchérit Blue.

Ils étaient à l'extérieur de Timberwolf Lodge, rassemblés près du braséro. Ce qui signifiait qu'en regardant par-dessus son épaule, Delaney voyait distinctement Stacy et ses garçons à travers la fenêtre de la cuisine. Ils étaient à table, en train de préparer des biscuits ou décorer des gâteaux, avec des sourires joyeux et des visages rieurs. Del aurait tant voulu être auprès d'eux.

Il avait réussi à rester absent tout l'après-midi et à ne pas revenir mendier comme un chiot, pour être invité à dîner.

Mais malgré ses efforts pour rester à Jasper afin de laisser de l'espace à Stacy, ses pieds l'avaient ramené au Lodge.

Jace lui tendit une bière.

— Assieds-toi. Je sens la tension dans tes épaules. Ce n'est pas un simple coup de tête de ta part, alors arrête de combattre ton loup et laisse-nous t'aider.

— Pardon ? s'exclama Blue en lui lançant un regard noir. On va l'aider ?

— C'est un leader, souligna Jace. Et tu aimes aider les gens. Je me suis dit que tu aurais de bons conseils pour notre intrépide meneur.

— Après sa façon de renifler Stephanie ? déclara Blue avant de secouer la tête. Je ne crois pas, non.

C'était là un autre genre de problème.

— Je t'ai déjà dit que je lui trouvais une odeur intéressante. Stacy et elle sentent presque pareil. Mais je ne l'ai jamais draguée.

Un grondement sourd s'éleva de Blue qui montrait presque les dents. C'était vraiment ennuyeux.

Del se tourna vers Jace :

— Comment j'étais censé savoir qu'il avait des vues

Steph en tant que compagne ? En tout cas, s'il la courtise, ce n'est absolument pas visible.

— C'est vrai, acquiesça Jace. Je t'ai déjà dit que tu as un comportement bizarre.

Blue s'adossa au dossier de sa chaise et posa les pieds sur le braséro.

— Les voies du sorcier ne sont pas celles du guerrier.

Mon Dieu, cet homme était capable de débiter des âneries à l'infini. Del repoussa les pieds de Blue du braséro d'un coup de botte.

— Bien sûr, bien sûr, Monsieur Omega, le gourou ultrasensible. On sait tous les deux que tu as été dans l'armée, alors arrête de te faire passer pour un pacifiste connecté à l'univers.

— Revenons à des sujets plus importants que le mystérieux Blue : tu envisages de sortir avec Stacy et former Colt ? demanda Jace en battant des cils innocemment.

— Oui.

— Je vois, rétorqua Jace en pinçant les lèvres. Je me souviens de t'avoir demandé de te renseigner sur l'ex de Stacy, et non d'essayer de coucher avec elle.

— Je n'essaie pas de coucher…, commença Del avant de se taire.

Bien sûr qu'il voulait coucher avec elle, mais il n'y avait pas que cela.

— J'ai aussi quelques questions à poser à notre meneur, lança Blue avec autant d'enthousiasme qu'un shih tzu sous caféine. Quelles sont tes intentions concernant la sœur de ma future compagne, et de ses fils ? Es-tu capable de les traiter comme ils le méritent ? As-tu la technologie nécessaire pour créer le premier ours bionique au monde ?

— Pardon ? demandèrent Jace et Del.

Blue agita la main.

— Désolé, il y a trop d'émissions télé rétro de fin de soirée. Steph et moi regardons de la science-fiction des années 1970 en ce moment. Je te demande simplement si tu es sérieux ?

La question était sincère, et Del répondit de la même manière.

— Stacy est à moi, ce qui signifie que les garçons sont à moi. Je m'occupe de la meute depuis des années, et je n'ai jamais ressenti ce que je ressens pour eux. Mais elle n'est pas encore prête à entendre que nous sommes des compagnons prédestinés, pas encore.

Il croisa le regard de Blue, et quelque chose lui dit qu'il était important d'ajouter :

— Si tu as la moindre idée qui m'aiderait, dans leur intérêt, fais-le-moi savoir.

Le sourire de Blue s'épanouit comme une rose après la pluie.

— Eh bien, puisque tu le dis comme ça, le Moi Magique a quelques conseils, à commencer par ce que tu comptes faire demain.

Dieu merci. Del leva sa bouteille en guise de remerciement.

— Merci. Après, tu pourras aussi me dire ce que je devrais faire de ma maison de ville. Parce que les chances que je puisse y dormir dans un avenir proche me semblent nulles.

Jace haussa les épaules avec sympathie.

— Ton loup a pris le dessus ?

— L'idée de dormir aussi loin d'elle m'est insupportable, répondit Del en regardant à nouveau en direction de la fenêtre.

Quand il détourna le regard, il vit que Jace et Blue lui souriaient.

— Marrez-vous, les gars, mais en attendant que les choses s'arrangent et que Stacy m'accepte en tant que compagnon, vous allez avoir un invité qui dort dans la cour.

— Maintenant que nous n'avons plus à nous entretuer, je n'ai pas de problème à te voir ici, déclara Jace avant de durcir son expression. Attends. Tu comptes dormir ici ?

— Je ne vais pas prendre une chambre et rajouter du travail.

En voyant Blue éclater de rire, Del lui demanda :

— J'ai loupé quelque chose ?

Parce que Blue était amusé, mais pas Jace.

— Tu vas dormir dans le jardin ? répondit Blue en lui tendant une autre bière ? Dans ce cas Jace ne pourra plus jouer à cache-cache à poil et partir à la recherche du loup avec Cass.

— Effectivement, je n'ai pas besoin d'être témoin de ce genre de choses.

Jace lança un regard agacé à Blue.

— Un jour, tu décideras qu'il est temps de courtiser Stephanie, et j'espère que tu as conscience qu'on fera tout notre possible pour te rendre ça aussi embarrassant que possible.

— Tu veux dire que *tu* vas essayer de rendre ça aussi embarrassant que possible, rétorqua Blue en posant une main sur sa poitrine. Notre amour sera aussi pur que la neige, et rien ne s'interposera jamais entre...

— Cass. Steph, lança Jace assez fort pour avertir Blue de fermer sa bouche. Vous vous joignez à nous ?

Blue ne broncha pas, et se tourna simplement vers elles avec une expression accueillante.

— Mesdames. Une bière ? Un cocktail ?

— Rien. J'avais juste besoin de dire un mot à Del, et

ensuite on a des choses à faire, répondit Stephanie en virevoltant telle une fée de douceur et de lumière. Del.

— Steph, répondit-il avec un sentiment de malaise.

Elle se pencha plus près.

— Stacy m'a dit que tu vas sortir avec elle.

— Oui.

Bon sang. Il avait été un puissant Alpha durant des années, affrontant les loups rebelles et les visiteurs indésirables sans la moindre crainte. Mais ses genoux tremblaient presque à cet instant.

Steph se pencha et baissa la voix, comme pour partager un secret avec lui... et tous ceux ayant une ouïe de loup, ce qui signifiait... tout le monde.

— Si tu lui fais le moindre mal, je te tue.

Elle se redressa et agita les doigts à l'intention de Blue avant de retourner vers la maison.

Cassidy se contenta d'un simple clin d'œil.

— Ça vaut le double pour moi.

Puis les filles disparurent, et Del resta avec Jace et Blue, ses compagnons de meute qui essayaient de retenir leurs rires amusés... sans grand succès.

L'amour. N'était-ce pas grandiose ?

6

---

*L*e SMS reçu par Stacy était clair.

> Delaney : Retrouve-moi à Off The Streets à
> 14 heures. Amène les garçons.

Stacy ne savait pas trop quoi penser de la sensation de flottement dans son ventre. C'était le rencard promis par Del, n'est-ce pas ?

Mais *avec* les garçons ?

À la fois charmée et déçue, elle décida de faire avec, et demanda à Sophie de terminer les derniers préparatifs du dîner. Pour le moment, elles cuisinaient uniquement pour les résidents de Timberwolf, mais il était important de maintenir des horaires fixes. De plus, elle tenait à avoir du temps libre avec ses fils : par exemple en rejoignant Delaney en famille au bowling de la ville.

Stacy secoua à nouveau la tête avec amusement alors qu'elle rentrait avec son trio dans l'établissement climatisé.

Le jeune homme derrière la caisse la repéra et se redressa aussitôt.

— Vous devez être Stacy. Bienvenue à vous. Et à vos fils aussi, bien sûr. J'ai entendu parler de vous.

Son regard s'attarda brièvement sur Colt puis revint sur Stacy.

— Tout est prêt. Il vous suffit de me donner vos pointures. Delaney a réservé une piste.

Carter, d'après son badge, indiqua la droite. Blaze se pencha dans cette direction.

— Il est ici ? Où sont les boules de bowling ? Est-ce qu'on doit ramasser les quilles après les avoir renversées ?

— Je peux avoir les chaussures vertes ? demanda Ace en désignant l'étagère du haut. J'aime bien le vert. C'est quoi ta couleur préférée ?

— Je fais du 20, annonça Blaze en tendant sa chaussure au jeune homme.

Sophie résista à l'envie de s'excuser. Ses fils étaient peut-être énergiques et enthousiastes, mais ils n'étaient pas impolis.

— Les enfants font du 18, 20 et 25. Et je fais du 38.

Elle jeta un coup d'œil sur le côté, mais Del n'était nulle part en vue.

Colt s'occupa d'Ace en guidant silencieusement son frère vers le banc le plus proche pour l'aider à retirer ses chaussures. Stacy y emmena également Blaze, la main sur son épaule.

— Les questions, plus tard, les chaussures d'abord, dit-elle doucement.

— Ça sent bizarre ici, chuchota Colt lorsqu'elle le rejoignit.

— Les chaussures de location sont peut-être trop odorantes pour ton odorat sensible, fit remarquer Stacy. Essaye de ne pas y faire attention.

— D'accord, répondit Colt en tournant la tête presque comme un hibou. Je ne vois pas de M. Del.

— Il est là, dit-elle d'un ton assuré malgré sa nervosité.

Carter leur apporta les chaussures.

— Merci. C'est très gentil à vous.

— Pas de problème, dit Carter en étudiant plus longuement Colt. Alors tu es le nouveau... enfant, hein ?

Colt ne dit rien, se contentant d'acquiescer tandis qu'il aidait Ace à mettre ses chaussures.

Ace par contre, n'eut aucune difficulté à s'exprimer. Il tapota l'épaule de Colt.

— C'est mon plus grand frère. Le meilleur grand frère du monde. Tu as de drôles d'yeux.

— Ace, le gronda Stacy en se tournant vers Carter. On ne fait pas de commentaires sur le physique des gens...

En le voyant, elle haleta avant de se ressaisir rapidement. Les yeux de Carter étaient devenus purs loups : grands et brillants, avec des sourcils bien trop poilus pour un humain.

Stacy jeta un rapide coup d'œil autour d'eux, mais Del n'était pas encore là, et personne ne semblait avoir remarqué la chose.

Elle prit donc une voix maternelle et sévère pour réprimander fermement le jeune homme :

— Carter. Je ne pense pas que vous devriez faire ça en public. Arrêtez tout de suite.

Carter sursauta de surprise. Ses yeux redevinrent bleu pâle et les poils de son visage disparurent. Son expression se situait quelque part entre le choc et l'irritation.

— Je suis vraiment désolé. Je n'ai pas fait exprès.

— Pas fait exprès, quoi ?

C'était Del qui se tenait devant le banc. Un sentiment

de calme et de confiance se dégageait de lui alors qu'il s'agenouillait près de Colt et acceptait l'étreinte d'Ace.

— Ce n'est rien, dit rapidement Stacy.

Elle adressa un sourire chaleureux à Carter et décida de ne pas le dénoncer.

— Carter a eu la gentillesse de nous apporter les chaussures. Merci encore. C'est vraiment gentil.

— Euh, ouais. D'accord. De rien, bafouilla Carter en regardant tour à tour Colt, Del et Stacy, comme s'il se demandait qui allait se transformer en premier en grand méchant loup.

Stacy lui tourna le dos et se mit à dénouer le nœud fait par Blaze dans son empressement de se préparer.

— Alors, le bowling ? dit-elle.

— Une manière agréable de passer du temps ensemble, répondit Del avec un petit sourire penaud.

Pour une raison quelconque, elle en fut charmée.

— Un rencard groupé aussi.

— Ça aussi, répondit-il platement en prenant Ace par la main pour l'emmener vers la piste avant que le garçon se mette à courir. Viens Colt, je vais vous montrer notre piste.

— On arrive aussi, cria Blaze en se tortillant alors que Stacy se dépêchait d'en finir avec ses lacets. Ne vous amusez pas sans nous.

Stacy se mit à rire, amusée par ce commentaire.

— Tu as raison. Ne vous amusez pas sans nous, répéta-t-elle en souriant tandis que Del lui adressait un clin d'œil par-dessus son épaule.

Ce n'était pas ce à quoi elle s'était attendue, mais étrangement, cela semblait juste.

Delaney était terriblement redevable à Blue.

Lorsque son cousin lui avait très sérieusement suggéré d'emmener Stacy et les enfants jouer au bowling pour un premier rendez-vous, Del avait failli l'assommer. Trente minutes après leur arrivée, Del n'aurait pu imaginer un meilleur endroit.

Oh, il y avait eu quelques accidents. Comme les doigts écrasés de Blaze quand il avait essayé d'attraper la boule qu'Ace avait laissée tomber. L'incident s'était produit lorsque Colt avait reculé trop rapidement, et poussé Blaze. La boule avait atterri avec un craquement sourd sur les planches de bois de l'allée.

Mais voir le plaisir des enfants et l'expression joyeuse de Stacy valait de l'or. Del savourait cela comme s'il buvait un bon vin.

De plus, la réunion de l'Association des Mamans Loups, deux allées plus loin, n'aurait pas pu mieux tomber. Stacy devrait fréquenter l'AML à la rentrée scolaire prochaine. C'était donc l'occasion de faire les premières présentations dans une ambiance détendue et agréable.

Les huit femmes avec des enfants de différents âges, jouaient au bowling, discutaient, grignotaient et buvaient avec un abandon de louves.

Elles ne se cachèrent même pas de dévisager Stacy et sa famille. Pas seulement Colt, mais aussi les plus jeunes, le comportement de Stacy avec eux, et également Del. Faire semblant ne pouvait pas marcher avec ces gens. Mieux valait se comporter de manière naturelle. Del le savait : seuls les plus forts survivaient à un passage en revue de l'AMP.

Cependant il n'était pas très concentré en ce moment. Pas avec Stacy qui portait un jean qui lui moulait les fesses chaque fois qu'elle se penchait pour lancer la boule.

En ce moment, elle était au milieu de l'allée et se concentrait pour son prochain tir. Ses fesses en forme de cœur étaient si tentantes qu'il luttait pour ne pas lui proposer son aide, comme tout à l'heure avec Ace.

— Monsieur Del, dit Blaze en lui tirant sur le bras. Je peux avoir ma boule préférée ?

— Bien sûr, petit.

Del prit une profonde inspiration et essaya de se concentrer sur la boule de Stacy qui roulait dans l'allée en direction des quilles, mais sans résultat : il ne pouvait s'empêcher d'admirer son corps, l'eau à la bouche.

Contrôle, mec. Lieu public. Enfants présents.

Il détourna le regard et changea de position en espérant que la bande dure de son jean se dégonfle assez vite pour pouvoir jouer à son tour sans attirer l'attention.

D'après le sourire narquois de Stacy qui se dirigeait vers lui, elle n'était que trop consciente de sa lutte intérieure.

Un long cri de douleur retentit à sa gauche. Del se leva d'un bond et attrapa Blaze juste avant qu'il tombe à plat ventre. Une main appuyée sur son front, le petit garçon clignait des yeux avec colère alors qu'une boule bleue décorée d'étincelles blanches roulait au sol.

— Ramasse-la, Colt, tu veux bien ? ordonna Stacy.

Elle éloigna les mains de Blaze de son front, et palpa délicatement l'œuf d'oie qui y gonflait.

— Quelle idée d'essayer d'attraper la boule avec ton visage !

— Del a dit que je pouvais prendre ma boule préférée. J'attendais qu'elle sorte de ce truc et elle m'a tapé la tête. Ça a fait pop et puis boum ! C'était tellement cool. Aïe.

Oh non, c'était de sa faute. Del croisa le regard de Stacy, mais il n'y vit rien d'autre que de l'amusement.

Elle embrassa le front meurtri de Blaze.

— Tu survivras. Ne mets plus jamais la tête sur le porte-balles, compris ?

— Oui maman.

Il se précipita vers Colt, qui lui rendit la boule et retourna au jeu. Jambes écartées, les deux mains sur la boule, swing entre les jambes, petit mouvement vers l'avant avant de lancer...

Sauf qu'au lieu de la faire rouler, ils lancèrent leurs boules vers le haut. Deux forts craquements retentirent tandis que les boules s'écrasaient ensemble. Del jeta un coup d'œil vers l'accueil du bowling et se demanda s'il devait proposer de payer une caution.

La distraction arriva de leur gauche alors que l'AML s'approchait.

— Del. Ça te dérange si on vous interrompt un instant ? déclara Mme Holmes en souriant gentiment à Stacy. Les présentations formelles ne sont pas nécessaires, mais je voulais simplement vous dire bonjour.

La deuxième femme avait une expression beaucoup plus concernée et portait une écharpe pelucheuse et scintillante. Janine était plus habillée pour une soirée à l'opéra que pour un après-midi au bowling.

— Clara, on devrait faire ça plus tard.

À son ton, Del se leva, ses instincts protecteurs s'éveillant aussitôt.

— Un problème dont je dois être informé, Janine ?

La femme recula légèrement comme si elle était surprise de le voir ici.

— Oh. Del.

Clara leva les yeux au ciel et tendit la main à Stacy.

— Ignorez-la. C'est ce que je fais toujours. Je m'appelle Clara Holmes, voici Janine Bancock. Bienvenue à Jasper.

— Merci.

Stacy lui serra brièvement la main, puis prit Ace dans ses bras qui grimpait sur le siège pour regarder de plus près l'écharpe scintillante de Janine.

Cette dernière semblait agitée.

— Vous comptez rester pour de bon ? demanda-t-elle sur un ton qui ne frôlait pas la grossièreté mais qui s'y vautrait carrément.

Del se redressa, prêt à intervenir, mais Stacy le surprit en riant et en lui passant Ace. Elle croisa son regard, puis lui fit un clin d'œil discret.

— Surveille-le pour moi. J'ai quelque chose à régler.

Un hoquet joyeux s'échappa d'Ace qui passa ses bras autour du cou de Del.

— À mon tour de lancer. Aide-moi, M. Del.

— M. Del, ma chaussure est coincée, dit Blaze depuis l'allée.

Colt s'agenouilla pour libérer les lacets de son frère de la barre qu'ils avaient abaissée pour empêcher les boules de rouler dans les gouttières.

— Reste tranquille, B. J'y suis presque.

— Je pourrai quand même lancer ? demanda Ace au bord des larmes. Je ne veux pas faire mal à Blaze.

Une bataille était sur le point d'être livrée, mais Stacy l'envoyait s'occuper des garçons.

— Joue avec eux, s'il te plaît. Je m'en occupe.

— D'accord.

Del se surprit à redresser les épaules alors qu'il s'avançait vers les garçons. Elle s'en occupait, avait-elle dit, alors il lui ferait confiance.

Tout comme elle lui faisait confiance avec ses enfants.

Un sentiment de fierté infini monta en lui, et il se concentra sur les trois petits garçons et la place grandissante qu'ils occupaient dans son cœur.

7

——————

Après un dernier coup d'œil à Del pour s'assurer qu'il avait la situation bien en main, Stacy se concentra sur le problème qui se présentait à elle.

Il ne s'agissait pas de la douce Clara Holmes, mais de l'expression beaucoup plus pincée de Janine et de plusieurs femmes en arrière-plan.

Stacy avait déjà vécu cela. Toute nouvelle famille en ville en passait par là. Les gens avaient des questions légitimes comme : *Sont-ils assez bien pour nous ? Vont-ils poser des problèmes ?*

Elle était habituée à cela...

Mais pas à devoir dire : *mon fils est un métamorphe loup qui vit en meute pour la première fois de sa vie, et j'ignore absolument ce qu'il faut faire.* Raison de plus pour que Del lui explique les choses, et le plus vite serait le mieux.

Elle était cependant plus qu'heureuse d'avoir passé du temps avec Sophie la veille. En effet, la jeune femme lui avait raconté quelques anecdotes sur la meute qui devraient faire l'affaire pour le moment.

Elle sourit gentiment à Clara puis se concentra sur Janine :

— Je suis très heureuse d'avoir rejoint ma sœur et mon amie Cassidy à Timberwolf Lodge. Comme vous le savez sûrement, nous prévoyons de rouvrir d'ici l'automne, ce qui signifie que oui, j'ai l'intention de rester à Timberwolf Lodge et à Jasper. Merci beaucoup pour votre question et pour les bons vœux que je suis sûre, vous vouliez m'offrir.

Janine ouvrait et fermait la bouche comme un poisson.

Stacy la regarda comme si elle était restée au soleil depuis plusieurs jours.

— Il y a un souci ?

Janine rougit, et son regard se tourna vers Del qui jouait au bowling avec les garçons. De toute évidence, il écoutait la conversation en même temps.

— C'est juste que...

Elle marqua une pause et jeta un coup d'œil à ses amies inquiètes.

— Allez-y et dites-le. Je ne serai pas offensée, promit Stacy.

Énervée, peut-être, mais pas offensée.

Janine se redressa.

— Nous sommes plusieurs à penser que notre école n'est peut-être pas le meilleur endroit pour vos enfants. Vous devriez envisager l'école à la maison.

— Janine, de quoi parles-tu ? demanda Clara. Nous n'avons rien dit de...

— Ils sont dangereux pour les autres enfants, lâcha Janine. C'est ce que tout le monde dit. Si un loup reste trop longtemps sans dressage, il ne saura pas se contrôler.

Elle regarda alors Stacy droit dans les yeux.

— Pouvez-vous honnêtement nous promettre que Colt ne fera pas de mal à un autre enfant ?

— Non, répondit Stacy sans hésitation.

Le choc se répercuta sur le groupe de femmes, et l'expression de Janine s'éclaircit légèrement, comme si elle avait marqué un point. Stacy décida de lui porter le coup fatal.

— Pouvez-vous promettre que votre fille, Brandy, ne fera pas de mal à un autre enfant ? Oh, attendez. Vous ne pouvez pas parce qu'elle l'a déjà fait. L'année dernière, n'est-ce pas ? Un incident dans la cour de récréation ?

Janine eut l'air horrifiée.

— Comment...

— Je suis sûre que c'était un accident, mais la vérité c'est que les enfants font parfois des erreurs. C'est pour ça que je ne peux pas promettre que Colt, Blaze ou Ace ne participeront jamais à une innocente farce qui pourrait mal tourner. En revanche je peux promettre qu'aucun de mes fils ne menacera jamais un enfant avec un bâton jusqu'à ce que la pauvre victime grimpe tout en haut de la barre de singe au risque de tomber et se casser un bras.

Les plaignantes étaient désormais en minorité par rapports aux partisanes plus nombreuses de Stacy. Janine était à nouveau sans voix, l'air encore plus horrifiée, et très coupable.

— Je suis vraiment désolée pour ça, déclara Clara en désignant Janine d'un geste de la tête. Nous nous occuperons d'elle.

— Il n'y a aucune raison de s'excuser, protesta Stacy.

Elle n'aimait peut-être pas être attaquée, mais quelque chose clochait. Janine et ses amies semblaient presque... soulagées d'avoir été remises à leur place, ce qui était étrange.

— Je ne reproche à aucune mère de vouloir protéger ses enfants. Et Janine a raison : Colt n'a pas été entraîné. Moi non plus, mais nous allons y remédier dès que possible, ajouta-t-elle en faisant un geste derrière elle. Del a proposé de devenir le mentor de Colt, donc je suis sûre que...

— Del va encadrer Colt ? répéta Janine avec un petit cri.

Clara lança un regard de connivence à Stacy et sourit.

— Eh bien, ça clarifie tellement de choses. Retournons à notre piste de jeu, mesdames.

Elle émit alors un petit sifflement avant de repartir avec ses compagnes.

— Je vous contacterai dans la semaine, Stacy, et nous prendrons le café.

— Avec plaisir, répondit Stacy enchantée.

Parce que même si Del pourrait détecter les problèmes potentiels avec son enfant-loup, Clara, en tant que mère, aurait bien plus de solutions pratiques et maternelles à lui suggérer.

Patsy, l'une des compagnes de Janine s'attarda, puis déclara doucement, comme si elle réfléchissait à voix haute :

— Del est évidemment le choix idéal en tant que mentor. Mais je sais que vous serez soulagée de moins subir sa présence.

— Pourquoi ne voudrais-je pas que Del soit là ? demanda Stacy étonnée. Cet homme est délicieux.

Stacy vit avec amusement les yeux de Patsy s'écarquiller devant ses paroles délibérément provocatrices.

— Aviez-vous autre chose à me dire ?

La femme hésita un instant, puis jeta un coup d'œil à Del avant de leur tourner le dos en murmurant :

— Il est beau, mais dangereux. Ne l'oubliez pas, ou vous finirez par le regretter, comme lui.

STACY TERMINA SA discussion avec l'AML juste au moment où Ace et ses frères attachaient leurs lacets.

Les trois garçons étaient installés sur le banc près de l'entrée et remettaient donc leurs chaussures pendant que Delaney s'efforçait de démêler le nœud fait par le plus jeune.

— Le temps était écoulé, l'informa Colt alors qu'elle les rejoignait. J'ai fait un strike.

— J'ai fait un spare, annonça Blaze.

Pour ne pas être en reste, Ace se concentra avec force, un pli entre ses sourcils avant d'annoncer avec enthousiasme :

— J'ai fait un... steak !

— Bravo, dit Stacy en lui ébouriffant les cheveux. Notre rendez-vous est terminé, alors ?

Pas question, se dit Del. Pas avant qu'il ait pu passer un peu de temps à moins d'un mètre cinquante d'elle.

Il secoua la tête.

— Je pensais qu'on apprécierait des...

Il marqua une pause, et réfléchit. Mieux valait vérifier si la chose était possible avant de l'annoncer :

— Des G L A C E S. Si ça te va.

— Oui ! s'écria Blaze en se levant d'un bond et se tournant vers Ace. On va manger des glaces.

— On se lève tous pour des glaces, chantonnèrent Blaze et Ace en dansant autour de Colt.

Leur frère aîné sourit et leur prit les mains pour les immobiliser, puis il se tourna vers Del.

— On adore les glaces. C'est le premier mot que Blaze a appris à épeler.

— Ah d'accord.

Del se tourna vers Stacy, mais elle remettait les chaussures à l'accueil et discutait avec le jeune loup qui y travaillait. Celui avec qui il s'était passé quelque chose juste avant son arrivée.

Les sorties avec Stacy et les garçons promettaient d'être divertissantes.

Ils se dirigèrent vers la sortie et descendirent la rue jusqu'au glacier qui avait ouvert pour l'été. Ils s'installèrent à l'extérieur, ce qui était parfait car malgré l'activité récente, les garçons semblaient toujours autant pleins d'énergie.

Au moment où ils furent tous installés avec des cônes à la main, Del était épuisé. Stacy lui tapota l'épaule.

— Détends-toi. Je m'occupe d'eux.

— Tu ne me trouves pas détendu ? demanda Del étonné.

Elle haussa les épaules.

— Pas vraiment. Mais disons que tu ne baisses jamais ta garde en présence des autres. Même à Timberwolf Lodge, j'ai remarqué que tu restes en état d'alerte. Comme si tu devais constamment tout surveiller.

— Je suis le meneur, expliqua-t-il.

Elle haussa un sourcil.

— Tu étais Alpha avant, non ? demanda-t-elle avant d'ajouter, l'expression adoucie. Dis-m'en plus.

— Que veux-tu savoir ?

— Tout ?

— Ça va prendre plus de temps que trois petits cônes.

— Alors commence par le plus important, et nous terminerons plus tard.

Elle lécha son cône d'un air décidé, et toutes pensées de meute, d'Alpha et de meneur quittèrent le cerveau de Del pour s'enfuir plus au sud.

Il détourna le regard et se concentra sur les garçons au lieu de la langue de leur mère.

— Tu as une question particulière ?

— Tu étais l'Alpha de Jasper, mais ce n'est plus le cas. Est-ce que ça te dérange ?

Il pouvait facilement répondre à cette question.

— Jace est clairement le meilleur loup pour ce travail. Mon loup a volontairement abandonné le commandement, surtout après s'être vu proposer le rôle de meneur.

— Donc il n'y a aucun sentiment d'amertume entre toi et Jace ?

Il rit doucement.

— Lui en vouloir parce qu'il a pris mon travail ? C'est une émotion humaine. J'étais Alpha parce que je devais l'être, et j'ai bien fait mon travail jusqu'à ce que je n'aie plus besoin de le faire. Maintenant, je serai le meneur dont la meute a besoin, ce qui satisfait à la fois mon côté humain et mon côté loup.

Stacy hocha lentement la tête, comme si elle cochait des cases de tableaux dans sa tête.

— J'ai besoin que tu m'en dises plus. Surtout sur le fait d'être un loup, parce que Cassidy me dit ce qu'elle peut, mais elle apprend au fur et à mesure.

— Et c'est une Alpha. Tout ce qu'elle apprend ne s'applique pas à toi.

Stacy acquiesça et appuya sa jambe contre la sienne.

— Tu me le diras plus tard ? Ce soir ? Une fois que les garçons seront couchés ?

Le cœur de Del était sur le point de sortir de sa poitrine.

— Avec plaisir. Je pensais que peut-être...

Non, c'était son travail, bon sang. Inutile de tergiverser :

— Après le dîner, j'entraînerai Colt. Tu pourras rester si tu le veux. En fait, tu devrais rester. Certains jours, ses frères aussi nous rejoindront, mais pour ce soir, j'aimerais qu'il n'y ait que Colt. D'accord ?

L'expression de Stacy devint sérieuse.

— Absolument. Je m'arrangerai avec Steph pour qu'elle garde Ace et Blaze. Colt et moi t'attendrons.

— Et quand il aura fini, ajouta Del en posant ses doigts sur la cuisse de Stacy pendant un bref instant. Peut-être qu'on pourrait continuer la conversation tous les deux ?

Une légère rougeur colora les joues de la jeune femme.

— J'ai un magnifique balcon où on pourra discuter tranquillement.

— Excellent idée, dit-il avec espièglerie. C'est bon de savoir que tu n'as pas peur du dangereux Delaney.

Stacy baissa les yeux.

— Tu l'as entendue ?

— J'ai entendu bien plus encore, dit-il en souriant. Délicieux, hein ?

— Hmm.

Elle le prit au dépourvu en léchant lentement et délibérément son cône avant qu'il puisse détourner le regard.

Il ne pourrait jamais se lever de ce banc. Pas dans les cinq prochaines heures, ou jusqu'à ce que les premières chutes de neige le refroidissent.

— Petite peste.

Elle lui sourit.

— Cette glace est excellente.

8

D e retour à la maison, Stacy était aussi excitée que
ses fils, mais elle avait de quoi s'occuper en
attendant l'arrivée de Del. Elle poussa ses fils dans les
escaliers avec des ordres stricts :

— En haut et tous dans la baignoire. Je veux des
vêtements propres, des dents brossées et aucun doigt
collant.

— On doit se brosser les dents avant le dîner ? demanda
Blaze scandalisé.

— Et après. Je sais, c'est horrible, répondit Stacy. Vous
pourrez utiliser les nouvelles serviettes super-héros que je
vous ai achetées. Je les monterai dans quelques minutes.

Ses fils lui répondirent par des acclamations
enthousiastes et disparurent en courant. Elle soupira
joyeusement et en se retournant, découvrit Cassidy et Jace
assis sur le canapé du salon qui la regardaient avec des
expressions amusées.

— Désolée de vous interrompre, dit-elle.

Jace agita la main.

— Pas du tout. J'adore te voir avec les garçons. Tu es une bonne mère.

— La meilleure, approuva Cassidy, les jambes sur celles de Jace.

Leurs mains étaient entremêlées sur ses genoux. Leur position était intime, mais pas embarrassante.

— J'adore vous voir comme ça, confia également Stacy. Vous allez bien ensemble.

— Un couple parfait, dit doucement Jace en étirant son bras libre le long du dossier du canapé afin de serrer Cassidy contre lui. Comment s'est passé le bowling ? À part les choses collantes ?

Elle était sur le point de répondre par des banalités d'usage lorsqu'elle aperçut une lueur dans les yeux de Cassidy. Stacy posa alors les poings sur ses hanches.

— Vous êtes déjà au courant de la visite de l'AML.

Cassidy fronça le nez.

— Les commérages de loups se propagent plus vite que les ragots dans les petites villes, qui se propagent plus vite que les ragots dans les maisons de retraite.

— Vitesse de la lumière ?

— Exact, répondit Cassidy avec un grand sourire. J'ai entendu dire que tu avais très bien géré.

Stacy agita la main.

— Ce ne sont que des mères qui s'inquiètent pour leurs enfants. On a discuté et tout va bien.

Jace et Cassidy hochèrent la tête, mais l'expression de Jace se durcit.

— N'oublie pas que si jamais tu sens qu'il est nécessaire de faire plus que discuter, nous sommes là. C'est notre travail en tant qu'Alphas.

— Je sais. Et comme ça a toujours été le mode de

fonctionnement de mon amie Cassidy, je ne me sens pas dépaysée, plaisanta Stacy.

— Hmm, fit Cassidy en réfléchissant. Elle a raison.

— On se retrouve au dîner ? déclara Stacy en faisant quelques pas avant de demander. Oh, est-ce que vous savez où est Steph ?

— Au spa. Elle a reçu une livraison et Blue l'aide à déballer.

Stacy les laissa seuls. Leur complicité était si palpable et évidente. Elle n'était pas vraiment jalouse, mais c'était quelque chose qui lui manquait dans sa vie.

Elle avait aimé James qui était bon avec elle, mais il partait durant de longs mois quand ils étaient ensemble. Avec Porter, ils semblaient également complices, jusqu'à ce qu'il ne reste plus que la peur et le mépris.

Qu'est-ce que cela ferait d'avoir une véritable relation profonde avec quelqu'un ?

Le souvenir de la barbe de Del le long de sa mâchoire la fit frissonner de désir. D'accord, une union des âmes serait agréable, mais un peu de passion brûlante serait une première étape appréciée. Cela lui manquait qu'un homme la touche comme si elle était un trésor inestimable dont le plaisir passerait avant tout.

Elle songeait donc aux mains puissantes de Del et à ce qu'il en ferait lorsqu'elle ouvrit la porte du spa de Stephanie.

— Salut sœurette, est-ce que tu as...

Des cartons éventrés étaient éparpillées sur les plans de travail. La fenêtre était complètement ouverte et une chaude brise d'été soufflait, faisant tinter les carillons éoliens que Stephanie avait accrochés comme des clochettes de fée. Cependant, un son grave et grondant résonnait dans la pièce, suffisamment puissant pour faire bourdonner les oreilles de Stacy.

Stephanie porta un doigt à ses lèvres.

Stacy se figea, légèrement choquée. *Que se passe-t-il ?* demanda-t-elle en remuant silencieusement les lèvres.

Blue était allongé sur le ventre sur la table de massage, la tête tournée sur le côté, et entièrement habillé. Le grondement provenait de lui, mais le plus inattendu, c'étaient les oreilles en fourrure gris pâle qui dépassaient de ses cheveux en bataille : entièrement humain, avec un sourire heureux et des oreilles de loup.

Stephanie haussa les épaules.

— On déballait des cristaux et on parlait de reiki que je voulais essayer. Blue m'a proposé de l'utiliser comme cobaye.

— Tu devrais faire des recherches sur les effets du reiki sur la physiologie des loups, suggéra Stacy. Il est... béat. Et je ne te parle même pas des oreilles.

— Je te jure que je n'ai rien fait à part caresser son chakra sacré.

Stacy retint un rire.

— Eh bien, ça pose problème.

— Je ne savais pas, protesta Stephanie en riant doucement. Mais il est mignon.

— Mignon, mais pas en état de se promener dans les rues de Jasper, sauf la veille d'Halloween.

— Je vous entends, marmonna Blue. Je suis juste trop détendu pour m'en soucier.

Stephanie posa une main sur son dos.

— Euh, désolé pour les oreilles.

— Quoi ? dit Blue en se touchant l'oreille. Waouh. C'est super.

Il se redressa et étira son cou avant de regarder son reflet dans la fenêtre.

— Intéressant.

— Tu peux..., demanda Stephanie en remuant les doigts.

— Bien sûr, dit Bue en imitant son geste des doigts, tout sourire.

Stephanie lui donna une tape sur la tête.

— Sois sage.

— Sinon tu vas encore caresser mes chakras ?

Elle plissa les yeux.

— Et si je frappais tes chakras plutôt ? Est-ce que tu vas te voir pousser des écailles et des ailes ?

— Peut-être si j'étais un métamorphe dragon..., émit-il avant d'ajouter rapidement en voyant Stephanie s'exciter : je plaisante. Je ne connais aucun métamorphe dragon, mais je vis dans l'espoir d'en rencontrer un. Donne-moi un instant.

Il ferma les yeux et relâcha les muscles de ses épaules. Un instant plus tard, ses oreilles étaient redevenues humaines : blanches et rondes.

Stephanie sembla extrêmement soulagée.

— Parfait. C'est bien, dit-elle en lui tapotant l'épaule. J'ai eu peur de t'avoir cassé.

— Je vais bien. Tu dois apprendre, et moi aussi.

Blue se tourna alors vers Stacy.

— Tu vois ? On prend tous des leçons de loup.

Ce qui rappela à Stacy la raison de sa venue.

— Les serviettes super-héros, Steph. Je dois sauver les garçons récurés de la baignoire maléfique.

— Je m'en occupe.

Plus tard, alors qu'elle nettoyait la baignoire et servait le dîner, le commentaire de Blue continua de trotter dans sa tête : ils apprenaient tous. Il n'existait aucun manuel expliquant comment devenir la mère d'un métamorphe loup. Pourtant, Dieu sait qu'elle aurait adoré en avoir un en ce moment.

Après le dîner et le rangement, Cassidy et Stephanie prirent en charge Ace et Blaze.

— C'est l'heure des tatas, annonça Steph. Prêts à devenir pourris gâtés ?

— On ne peut pas pourrir un garçon. L'amour ne fait que le rendre plus doux, récita Ace avant de se mettre à sautiller. Je peux regarder un film ?

— Bien sûr. Je vais t'installer devant la télé pendant que Blaze, tata Steph et moi irons jouer aux pirates de l'espace dans le château dans les arbres, sans toi.

Comme prévu, Ace s'accrocha à elle en la suppliant de l'emmener aussi.

— Ne m'oblige pas à regarder un film, gémit-il. Je suis un pirate. Arrgh, argh, argh.

Stacy laissa ses deux plus jeunes entre les mains compétentes de Stephanie et Cassidy. Quant à son fils aîné, il était assis à la table de la cuisine en attendant l'arrivée de Del.

— Besoin d'un câlin ? demanda Stacy.

Colt secoua la tête.

— Je n'ai pas peur. Je veux juste savoir ce que je dois faire.

Puis, il fronça le nez et se ravisa :

— D'accord, j'ai un peu peur.

Elle s'assit à côté de lui et lui prit la main.

— Moi aussi, mon fils. Mais en y réfléchissant, on ne peut pas vraiment se tromper. Tu es mon fils et je suis ta mère. Là-dessus, on se débrouille très bien. Quant au reste ?

Elle agita la main avec légèreté et ajouta :

— Le reste n'est que détails.

— Je t'aime maman, dit Colt en posant sa tête sur le bras de sa mère.

— Je t'aime aussi mon cœur.

Del n'avait pas cherché à les espionner, mais ces mots furent prononcés juste avant qu'il ouvre la porte de la cuisine. Purs et clairs, doux et lumineux, ils dérivèrent à travers la porte moustiquaire ouverte et emplirent son cœur d'espoir.

C'était là l'amour sacrificiel et généreux d'une mère envers son enfant, et celui confiant d'un enfant envers sa maman. Tout ce que Del avait besoin d'enseigner à Colt perdit de son importance : Stacy avait raison. Ils maîtrisaient déjà la partie la plus importante.

Avec cette pensée en tête, il sourit en s'approchant de la table.

— Bonsoir. Vous êtes prêts ?

Des piétinements résonnèrent dans le salon, accompagnés d'un chœur de cris de pirates. Puis la grande porte se referma, laissant place au silence.

— Les envahisseurs nous ont quittés, déclara Stacy. Le château nous appartient.

— Bien, parce qu'on ne pourra pas faire ça autour de la table de la cuisine, dit Del. Allons trouver un meilleur endroit.

Ils optèrent pour la suite de Stacy. Le salon familial était meublé avec sobriété, et c'est là que Del s'installa, avec Colt sur le sol à côté de lui, tous deux adossés au canapé derrière eux.

Stacy se blottit dans un fauteuil en face d'eux, enveloppée dans une couverture moelleuse.

Del se détourna d'elle, malgré l'attrait qu'elle représentait, pour se concentrer uniquement sur son élève.

— Tout d'abord, soyons clairs, commença Del. Tu es un métamorphe loup. Point barre. Tu en est un depuis ta naissance. Ta mère m'a dit que tu t'es métamorphosé vers l'âge de quatre mois, ce qui est l'âge où presque tout le monde se métamorphose pour la première fois. Tu n'as donc pas besoin d'apprendre à être un loup, mais de connaitre tout un tas de choses ennuyeuses, d'accord ?

Le soulagement envahit l'enfant.

— Je le fais bien alors ?

Del s'esclaffa.

— Oui. Tu ne peux pas te tromper avec ça, alors concentrons-nous sur les autres parties. Tu n'as pas eu de meute, ce qui veut dire que tu n'as pas appris l'étiquette : c'est un mot sophistiqué pour parler des bonnes manières.

Colt fronça le nez, signe qu'il réfléchissait sérieusement.

— Comme dire *s'il vous plaît* et *merci* ?

— Oui mais en version loup. Il s'agit toujours d'être poli, mais les règles sont différentes car nous ne sommes pas seulement des humains, mais aussi des loups, alors *s'il vous plaît* et *merci* ne se disent pas de la même façon.

Le garçon hocha la tête.

— D'accord.

Del avait travaillé son discours afin de le simplifier autant que possible. *Pas tout en même temps*, se rappela-t-il.

— En plus des bonnes manières, il y a des astuces physiques que nous apprenons auprès des loups plus anciens. Tu en as peut-être découvert certaines par toi-même, mais comme tu vis ici, je veillerai cet été à ce que tu puisses pratiquer toutes les choses que tes camarades de classe connaitront déjà.

Les lèvres de Colt se contractèrent.

— Peut-être que tu peux m'en apprendre quelques-unes qu'ils ne connaissent pas encore.

— Enfant intelligent. On verra comment ça se passe.

Del se pencha en avant et laissa Colt le renifler longuement et lentement.

— Physiquement parlant, il ne s'agit pas seulement de se métamorphoser, mais d'utiliser également nos dons sous notre forme humaine. Par exemple, je sais que tu as pris un bain cet après-midi. Tu t'es lavé le visage et le devant des cheveux, mais tu ne t'es pas plongé complètement sous l'eau, n'est-ce pas ?

Colt lança un regard paniqué à sa mère.

— Euh, Blaze et Ace occupaient toute la place, expliqua-t-il.

— Je te crois, dit Del en secouant la tête d'un côté à l'autre.

Colt fronça à nouveau le nez.

— Je n'aime pas me mettre la tête sous l'eau dans la baignoire, avoua-t-il.

— Depuis la rivière ?

L'enfant hésita, comme s'il réfléchissait à un mensonge, puis croisa à nouveau le regard de sa mère, et secoua la tête.

— Non, depuis toujours. Les piscines ou les lacs ne me dérangent pas, mais les baignoires sont dégoutantes.

Cela laissait encore des questions sans réponse, mais c'était suffisant pour le moment.

— Alors n'oublie pas de te laver la nuque et l'arrière des cheveux. Utilise un gant de toilette sinon, les loups le sauront, expliqua Del en se tapotant le nez. On a de bons flair.

Colt hocha la tête, impatient de changer de sujet.

— Quelque chose sentait mauvais au bowling.

Hmm. Del avait senti une odeur étrange, mais cette pensée avait disparu sous le parfum distrayant de sa compagne moulée dans son foutu jean.

Quel meneur lamentable il faisait…

Il examina Colt de plus près.

— Mauvais comment ?

— Puante. Sucrée mais pas agréablement sucrée comme une glace. Ça sentait le chien du voisin quand ils sont revenus du lac.

Del se tourna vers Stacy comme pour demander des éclaircissements.

— Tu veux dire Buster ? demanda-t-elle.

— Oui, dit Colt en se tortillant. Le bowling sentait la même chose, surtout quand on était près des dames. Certaines boules puaient plus que d'autres.

— Buster est un grand vieux berger, expliqua Stacy. Il s'est bagarré avec un putois pendant la promenade, mais quand ils sont rentrés, je ne sentais plus l'odeur.

Intéressant. Del nota mentalement de faire un tour au bowling.

— Merci de cette information. Je vais voir de quoi il s'agit. Mais bravo, à la fois pour l'odorat et pour ta réaction comme un bon loup digne de ce nom.

Colt cligna des yeux.

— Vraiment ?

— Tu as reniflé quelque chose d'étrange, mais tu n'en as pas fait toute une histoire. Tout le monde n'a pas ton odorat. Est-ce que tu réalises que faire la grimace ou te plaindre montrerait que tu as un meilleur flair que la plupart des humains ?

Colt hocha la tête comme une figurine.

— Je ne l'ai dit à personne d'autre qu'à maman. Et maintenant à toi.

— C'est très bien, et c'est la deuxième partie d'une vie de loup à l'esprit solide : nous devons parler aux bonnes personnes de ce que nous voyons, en particulier tout ce qui sort de l'ordinaire.

— Comment savoir qui sont les bonnes personnes ? demanda Colt.

— Tu apprendras à qui faire confiance. Ta mère est toujours la bonne personne.

Ils s'enfonçaient maintenant dans des terres marécageuses.

— Les autres le sont aussi en général, mais attends que ton loup te le dise. Et si jamais ton loup change d'avis...

Stacy et Colt le regardèrent. Il y avait un soupçon de confusion dans l'expression de Colt et de peur dans celle de Stacy.

Del soupira.

— Et ton mentor vient d'enfreindre la première règle de l'enseignement.

— Qu'est-ce que c'est ? demanda Colt.

— N'essaye pas d'expliquer ce que tu peux démontrer. N'oublie pas que ta mère est la personne numéro un à qui tu peux tout dire. Alors fais confiance à ton loup, d'accord ?

— D'accord.

Delaney leva la main et Colt lui fit un high-five.

— Passons maintenant aux choses sérieuses. À quelle vitesse est-ce que tu peux te métamorphoser ? demanda Del.

La seconde suivante, Colt était assis sous sa forme de loup ; un jeune loup ardoise englouti par son sweat-shirt et son pantalon.

Del rit de bon cœur.

— Tu es rapide, mais tu as oublié que se métamorphoser dans ses vêtements est une vraie plaie, dit-il en retirant le sweat-shirt de Colt. Donne-moi un instant et on s'entrainera à pister.

Delaney se déshabilla avant de se métamorphoser, et sentit le pouvoir monter en lui comme une vague de plaisir.

Loup et homme, voilà qui il était.

Il s'était délibérément déshabillé devant Stacy, et si son loup s'en fichait, son humain était assez intelligent pour profiter de toutes les occasions pour impressionner sa compagne et la conquérir.

Jouer déloyalement ne pouvait qu'aider sa cause.

9

Stacy ignorait comment elle avait réussi à passer à la partie suivante de la leçon sans s'enflammer. L'idée d'une combustion spontanée n'était pas à prendre à la légère quand Del était nu devant elle.

Cet homme était un véritable apollon.

Sans trop savoir comment, elle réussit à récupérer les affaires de son fils et de Del et à les emporter sur le porche, lorsque la leçon de pistage se déplaça à l'extérieur.

Colt bourdonnait de plaisir, remuant la queue comme un chiot pendant que Del les faisait aller et venir dans la cour, parfois se cachant, parfois demandant à Colt de se cacher.

Tout cela se fit sans qu'un seul mot ne soit échangé. Pas un seul mot humain.

Une énorme silhouette apparut au coin de la maison et s'avança vers elle avec une expression indéchiffrable. Marvin était vraiment l'un des hommes les plus grands qu'elle ait jamais vus, mais maintenant qu'elle commençait à le connaître, elle n'arrivait plus à être intimidée.

— Je vois que le petit suit des cours, dit-il en appuyant

ses avant-bras contre la balustrade du porche. C'est bien. Je suppose que Del est bon dans ce domaine.

— Je suppose, répéta Stacy, plutôt amusée.

— Mais quand viendra l'heure des leçons vraiment importantes sur les métamorphes, tu devrais me l'envoyer.

À l'expression de surprise de la jeune femme, Marvin hocha la tête.

— Oh oui. Je suis le meilleur, tu sais.

Si seulement Del avait été plus précis sur l'étiquette, car elle avait une question et ne voulait surtout pas paraitre grossière. Tant pis, elle se lança quand même.

— Euh, mais tu es un élan. Colt est un loup.

Marvin balaya l'information d'un revers de la main, comme si ce n'était pas pertinent.

— Le pouvoir reste le pouvoir. Les loups s'embrouillent dans la dynamique de leur meute et oublient de voir les choses en grand.

Il désigna alors les arbres :

— Ha... pas mal. Del a essayé de le piéger, dit-il avant de crier des encouragements. Bon travail, Colt. C'est bien.

La présence de Marvin était suffisamment amusante et distrayante pour que la libido de Stacy s'apaise. Au moment où Marvin la quitta, Delaney disparut parmi les arbres et Colt redevint humain. Il sourit à sa mère.

— Tu m'as vu quand il était dans l'arbre ? Je savais qu'il était là.

— Tu étais formidable. Mais maintenant il faut aller te coucher.

Une chanson de pirate se rapprochait de plus en plus.

— Je crois que tes frères sont également prêts à te raconter leur soirée.

— Je vais leur raconter comment rester vraiment, vraiment immobiles et écouter. Ils peuvent le faire, même s'ils sont humains, dit Colt en la serrant fort dans ses bras. Je me suis tellement amusé. Et j'ai beaucoup appris.

— Je suis heureuse, dit Stacy en l'embrassant avant de le pousser vers la porte. Je monterai vous embrasser pour vous dire bonne nuit dans un instant.

— D'accord. Oh, ajouta-t-il en se retournant. Del a dit qu'il allait revenir et qu'il avait besoin de te voir.

Vraiment ? Donc les loups parlaient entre eux ?

— Merci.

Elle se demanda si elle devait entrer ou l'attendre là, surtout que les vêtements de Del étaient empilés sur la balancelle du porche. Elle n'était pas sûre de pouvoir supporter de le revoir nu sans lui sauter dessus.

Étrangement, elle se dégonfla en le voyant s'approcher, entièrement habillé.

— J'espère que je ne t'ai pas fait attendre trop longtemps, dit-il.

— Non. Tu voulais discuter, n'est-ce pas ? rétorqua-t-elle, toute trace de son aplomb de tout à l'heure, disparue.

Del sembla désolé.

— J'ai un imprévu en rapport avec mes fonctions de meneur. Je ne peux rester que quelques minutes.

— Oh. D'accord, dit-elle en essayant de cacher sa déception sous un sourire. Tu as été merveilleux avec Colt.

— Il s'est bien débrouillé. C'était très amusant.

Il désigna alors la balancelle où ses vêtements étaient posés, et l'invita à s'y assoir.

— Tes leçons vont devoir attendre. Je suis vraiment désolé.

— Ton travail de meneur est important. Je comprends, mais je suis déçue. Et je ne dis pas ça pour que tu te sentes coupable, mais pour que tu saches que j'attends avec impatience le moment où nous pourrons... parler.

Quand Del la parcourut du regard, elle sentit la chaleur caresser sa peau.

— Moi aussi. J'aimerais vraiment qu'on puisse parler cette fois.

Il lui prit la main et entrelaça lentement leurs doigts. Stacy sentit des flammes lui incendier le sexe.

— J'ai bien aimé ma journée avec toi et les garçons aujourd'hui. J'ai bien aimé enseigner à Colt. Et j'aimerais qu'on discute et que je puisse répondre à tes questions.

Il prit alors une profonde inspiration et embrassa délicatement la main de Stacy.

— Je veux t'allonger sur ta jolie couette jaune, te déshabiller et adorer chaque centimètre carré de ton corps.

Au moins c'était clair.

— Je ne demande pas mieux. Juste toi et moi et beaucoup d'adoration, dit-elle avant de sourire. Sais-tu que je n'ai pas détourné le regard pendant tout le temps où tu enseignais ? Pas un seul instant.

L'amusement de Del était teinté de passion.

Quant à Stacy, ses pensées avaient pris une tournure lubrique et agréable. Pour une raison quelconque, cet homme éveillait son désir, mais il lui donnait également l'impression d'être chérie, même en se tenant innocemment la main sur la balancelle.

Avoir des pensées lubriques et faire des plans lubriques... Pas si innocents que cela finalement...

Mais quelque chose gâchait la perfection du moment. Stacy hésita puis se lança :

— Je déteste briser ce moment, mais je dois te poser la question. Quand tu as dit à Colt qu'il pouvait toujours tout me dire – merci, au fait –, pourquoi as-tu ajouté qu'il pouvait faire confiance aux gens jusqu'au jour où il ne pourrait plus ?

Delaney soupira.

— Je suis désolé pour ça. Le problème c'est que je ne suis pas un mentor anodin.

— Tu n'as pas besoin d'être parfait, mais je veux savoir, dit-elle avant d'hésiter. Tu avais l'air triste quand tu l'as dit. Et tu as l'air triste en ce moment. Et étant donné qu'on ne disait rien de triste avant ça, ça doit vraiment être une règle importante de loup.

— D'emblée, un loup devrait toujours pouvoir faire confiance à ses Alphas et au reste de ses leaders, répondit Del en secouant la tête. Sauf que j'ai eu une autre expérience.

La peur et la confusion la frappèrent.

— Jace n'est pas digne de confiance ?

Del parut horrifié.

— Oh non. Je ne voulais pas dire ça. Jace est solide comme un roc, tout comme Cassidy. Blue est l'Omega magique le plus parfait qu'une meute puisse souhaiter. Je ne parle pas d'eux.

Elle ignorait de quoi il parlait, mais elle pouvait se renseigner ailleurs sans embêter Del.

— D'accord. Ça me semble compliqué, mais tu finiras par trouver un moyen de l'expliquer.

Les épaules de Del se détendirent et elle fut heureuse d'avoir laissé tomber pour le moment. Elle prit alors son visage entre ses mains.

— Donc. Tu pars faire des choses de meneur ?

— Oui.

— Peut-être que je devrais te renvoyer avec un baiser ?

— Ah oui, dit-il le regard brillant.

Il passa la main dans ses cheveux, et lui inclina la tête avant de poser ses lèvres sur les siennes : chaudes, humides, exigeantes et exactement ce dont elle avait besoin. Elle avait l'impression de bruler de l'intérieur et de l'extérieur, entre sa main dans ses cheveux et sa langue impétueuse.

Le plaisir se mêla à une douleur palpitante et la fit frémir. Un baiser... non une *revendication*. Del continua jusqu'à ce que Stacy, haletante, s'accroche à lui comme à une bouée de sauvetage.

Lorsqu'il recula enfin, les lèvres de Stacy étaient gonflées, ses joues légèrement rougies par sa barbe et elle était à bout de souffle.

— À demain, dit-il en se levant et en descendant les marches du porche, pour disparaitre entre les arbres.

— J'ESPÈRE que tu as une bonne raison de m'avoir fait quitter Cassidy, grommela Jace alors qu'ils marchaient dans la ruelle menant au bowling.

— On le saura dans quelques minutes.

Del avait refusé de s'expliquer : il voulait tester sa théorie avant d'en parler à son Alpha.

— Si ça peut te soulager, j'ai dû aussi quitter Stacy.

— Je m'en étais rendu compte, rétorqua Jace en agitant ses sourcils de manière suggestive. Tu fais des progrès ?

Un gros soupir aurait été trop dramatique, même si Del était tenté.

— Je suis simplement heureux de savoir enfin que c'est elle.

— Oui, tu as passé beaucoup de temps à aboyer devant le mauvais arbre, le taquina Jace.

Del était partagé entre amusement et gratitude.

— Je suis content qu'on soit à nouveau une famille, amusé, dit-il simplement.

Jace s'arrêta en plein milieu de la ruelle et haussa un sourcil.

— Ne me dis pas qu'on va se confier sur nos émotions secrètes et faire tout un tas d'exercices psychologiques pour renforcer nos liens fraternels ? Parce que je t'avoue que même si je suis heureux de ne plus avoir envie de t'éviscérer, on n'en est pas non plus à se faire des orgies de câlins.

Del renifla avec dédain.

— Pas de soucis, j'exprime simplement ma gratitude que les erreurs du passé n'aient pas gâché notre futur.

Son cousin cessa aussitôt de plaisanter.

— Moi aussi. Tout va bien entre nous maintenant, et Cassidy dirait que c'est ce qui compte.

Il leva son poing vers Del qui fit de même. Avec fermeté... un peu trop de fermeté même. Jace lève les yeux au ciel en remuant les doigts.

— Crétin.

— Toujours, répondit Del en se remettant en marche pour se diriger sans bruit vers l'arrière du bowling.

Il s'arrêta près de la poubelle, renifla et grimaça.

— La nourriture avariée est une bonne couverture j'imagine.

Jace renifla, puis cligna des yeux et se détourna avec dégoût.

— Une couverture pour quoi ? Parce que cette puanteur est plus qu'odieuse.

Après une rapide fouille de ses poches, Del en sortit de de quoi crocheter la serrure.

— Nous sommes sur le point de le découvrir, déclara-t-il.

Son cousin le regarda avec admiration ouvrir la porte arrière.

— Est-ce que je veux savoir comment tu as acquis cette compétence ? J'imagine que ça ne faisait pas partie de tes cours de droit.

— C'est Blue qui m'a appris, rétorqua Del alors que la serrure s'ouvrait avec un clic satisfaisant. Suis-moi.

Del avait fait un rapide tour d'horizon la dernière fois qu'il était venu, mais il était alors trop distrait par l'odeur de Stacy et l'arrivée des garçons. Bon sang, il aurait juré pouvoir encore la sentir dans l'air.

— Rappelle-moi plus tard de te poser des questions sur les compagnons prédestinés, murmura-t-il à Jace. Par ici.

Tels des fantômes silencieux, ils s'avancèrent dans les coulisses du bowling. Les bras des machines à requiller étaient immobiles, ainsi que les câbles au-dessus, et les quilles en dessous. Ils continuèrent leur chemin et passèrent devant le système sinueux de retour et l'élévateur conçu pour ramener les boules à leur emplacement.

L'étrange odeur s'accentua. Del se tourna vers la gauche et montra la source. Jace s'y avança tandis que son cousin vérifiait qu'il n'y ait personne dans la salle.

Une petite boîte en bois se trouvait à côté de trois boîtes en carton. Jace ôta le couvercle et en sortit une boule de bowling : orange vif avec des mouchetures noires qui rappelèrent à Del la glace Tigre que Blaze avait commandée.

Jace la porta à son nez, puis haussa les épaules avant de regarder la boule de plus près.

— Qu'est-ce que ça veut dire ? articula-t-il silencieusement en prenant la boule à deux mains et la tournant.

Les deux parties se séparèrent, et à l'intérieur de la boule se trouvait un sac en plastique presque vide. Une légère couche résiduelle de poudre grise était collée à l'intérieur.

Del sentit la colère monter en lui : de la drogue. Quelqu'un utilisait le bowling pour cacher la même drogue dont son père était devenu accro : celle qui perturbait le métabolisme des loups et pouvait lentement les rendre fous.

Il aurait voulu démolir l'endroit. Prendre toute la drogue, la détruire et tout brûler du sol au plafond.

Prenant sur lui, il prit la boule des mains de Jace, la remonta et la remit soigneusement à sa place. Puis il guida son Alpha furieux hors de l'établissement sans déclencher aucune alarme.

Une fois de retour dans la ruelle, les jurons murmurés par Jace commençaient à devenir répétitifs, mais Del ne l'interrompit pas. Il s'efforçait toujours pour maitriser son loup.

Protéger. Préserver. Détruire l'ennemi. Prendre soin de ce qui est à moi.

Il se sentait submergé par le besoin de retourner à Timberwolf Lodge pour s'assurer que Stacy et les garçons allaient bien. Mais il était le meneur, ce qui signifiait que toute la meute avait besoin de lui.

Il prit une profonde inspiration avant de s'approcher de Jace, et posa une main sur son épaule.

— Ça suffit.

Le pouvoir jaillit de Del avec ces mots, avec assez de puissance pour atténuer la fureur de Jace en un instant. L'Alpha passa d'une bombe nucléaire à quelque chose de plus gérable... comme la nitroglycérine.

Toujours aussi dangereux, mais pas la fin du monde.

Jace le regarda, choqué. Malgré la situation désastreuse, Del ne put s'empêcher de rire. Il tapota l'épaule de Jace.

— Bienvenue dans le monde merveilleux des loups, où, j'ai parfois plus d'autorité que toi.

— Tant mieux, déclara Jace avec une voix emplie de douleur. Parce que je suis sur le point de perdre mes nerfs.

— Non, c'est faux. Tu vas te ressaisir pour que nous – Blue et Cassidy compris – puissions trouver un moyen d'attraper le salaud qui a apporté ces merdes sur notre territoire. Si ça ne s'est produit qu'une fois, ça m'est égal, mais ça ne doit pas devenir répétitif. Pas sous ma surveillance.

Jace se ressaisit avec beaucoup d'efforts, comme le leader inébranlable qu'il était.

— C'est la même merde que ton père prenait, n'est-ce pas ? demanda-t-il doucement.

Le cœur douloureux, Del hocha la tête.

— C'est addictif et ça attire ceux qui recherchent plus de puissance, dit-il avant de fixer Jace. Qu'est-ce que tu ressens ?

Son Alpha réfléchit, puis secoua la tête.

— Ça ne m'attire pas.

Ce fut au tour de Del de soupirer de soulagement.

— Dieu merci.

— En tout cas ça en dit beaucoup sur ta façon d'exercer ton rôle de meneur et moi celle du grand et tout-puissant Alpha. Mon loup te considère désormais comme une chance pour notre meute et non une menace. Alors encore merci.

— De rien, mais nous ne sommes pas encore sortis du pétrin, le prévint Del.

Jace indiqua d'un mouvement de la tête, la limite des arbres au-delà de la ruelle, et ils se glissèrent à travers l'obscurité silencieuse. Ils coururent sous forme humaine, plus rapidement que la normale, jusqu'à atteindre le domaine de Timberwolf. Del s'arrêta, et avec Jace ils se laissèrent tomber sur le sol pour regarder le ciel nocturne.

Ensemble ils étudièrent les options et réfléchirent à la meilleure façon de supprimer ce trafic sordide.

— La drogue... J'espérais ne plus jamais avoir affaire à ça, admit Jace.

— Moi aussi, répondit Del, l'esprit empli de mauvais souvenirs. Il va falloir être prudents. Il faut savoir si c'est un incident ponctuel ou s'il s'agit d'un trafic qui se développe. On doit découvrir la tête pensante et ne pas se contenter des petits dealers.

— Je suis d'accord. Et bien que ce soit d'une importance capitale, on doit continuer à vivre comme avant. Il ne faut ni arrêter les travaux de Timberwolf Lodge, ni la formation de Colt. Personne ne devra se douter de quoi que ce soit pendant les prochains jours.

Ce qui nécessiterait des talents d'acteur incroyables... sauf quand il devrait passer du temps avec Stacy, car c'était bien ce dont il avait le plus envie. Passer du temps avec Colt et ses frères était également une nécessité de plus en plus importante.

— Je ne reculerai devant rien pour protéger la meute.

— Nous les protégerons, affirma Jace. Personne ne nous prendra ce que nous avons : ni nos moments de joie, ni nos liens. À la meute.

Ils se serrèrent fermement la main.

À l'intérieur, le loup de Del hurlait : pour sa meute, pour sa compagne et pour sa famille.

Pour l'avenir, qui était hors de portée.

Si proche... mais pas encore là.

10

Stacy se réveilla dans un enchevêtrement de draps moites, en marmonnant des jurons.

Cinq jours. Cinq fichus jours depuis que Delaney avait commencé à donner des leçons de loup à Colt, et elle était déjà sur le point de craquer.

Del avec ses abdos ciselés, ses cuisses d'acier et ses fesses en granit incroyables.

L'image de son corps parfait l'inondait chaque fois qu'elle fermait les yeux. Elle rêvait de sentir sa peau nue sous ses doigts. Chaque soir, il retirait ses vêtements et elle restait assise là, voyeuse consentante de sa magnificence.

Il l'avait fait exprès la première fois. À présent il la narguait. Parfois même il trainait à se métamorphoser et donnait ses leçons en étant nu.

— Tu dois être à l'aise sans vêtements, avait-il dit à Colt. Les humains ont des problèmes avec la nudité, mais ce n'est pas le cas des loups.

Disons que certaines humaines avaient des problèmes parce que certains loups caracolaient dans leur parfaite nudité et rendaient lesdites humaines folles de désir.

En sentant son entrejambe palpiter, elle glissa ses doigts plus bas et se caressa, avant de s'arrêter : même si elle en avait envie, elle savait que ça ne serait pas satisfaisant. Cela faisait quatre nuits qu'elle utilisait des jouets et ses doigts, et elle en était toujours au même point.

Surtout qu'ils n'avaient pas encore pu avoir... la *discussion* que Del lui avait promise. Elle essayait pourtant d'être patiente car son rôle de meneur était important. Manifestement l'évènement qui l'avait empêché de rester la première nuit, n'était pas encore terminé.

Il ne lui avait pas donné d'excuses ni expliqué ce qui se passait, mais elle le savait. Elle avait surpris des chuchotements entre Blue et Del, et des conversations entre Cassidy et Jace qui s'arrêtèrent dès qu'elle ou Stephanie entraient dans la pièce.

Ce n'était pourtant pas dans le but de les exclure, mais plutôt pour les protéger. Stacy n'avait donc rien à reprocher à son amie ou aux responsables de la meute.

Mais pour ce qui était du reste, elle pouvait aisément blâmer Del. Il entraînait Colt, lui enseignait comment être un vrai loup, puis se déshabillait et s'exposait à ses yeux jusqu'à ce qu'elle veuille le monter comme un poney.

Le réveil près de son lit affichait 2 h oo. Stacy soupira, retira sa main de son entrejambe et essaya de compter les moutons.

Un, deux, trois, tous de laine et tout doux. Des peluches blanches qui défilaient, celle-ci plus grise, l'autre un peu plus élégante. Puis la laine fut remplacée par de la fourrure. Les moutons franchissaient la clôture et atterrissaient sur quatre pattes.

Des moutons devenus loups ? N'y avait-il pas une fable à ce sujet ? Un loup déguisé en mouton qui se glisserait dans son lit ? N'était-ce pas censé être un avertissement sur la tromperie et la mort ?

Quelque chose de doux glissa sous ses mains. Stacy y enfonça ses doigts et caressa de la ouate qui se transforma en fourrure.

Ce n'était pas un mouton, mais un loup. Elle avait raison.

Elle se redressa et plongea dans le regard d'un loup : bleu profond, puissant et fort. Familier après les derniers jours passés à regarder Delaney se métamorphoser et la narguer.

— Del ?

Il lui donna un coup de museau et la poussa contre le matelas. Stacy roula sur le côté et le caressa de la truffe à la nuque. Les poils lisses de sa fourrure ne ressemblaient en rien à ce qu'elle avait caressé auparavant. Lisses et doux, ils lui picotaient la paume.

— Tu es dans mon lit, fit-elle remarquer en riant. Quelle déception.

Le loup de Del haussa un sourcil. Peu importe sa forme, elle reconnut l'interrogation.

— Tu avais parlé de me lécher de partout, mais ça ne sera pas maintenant et pas sous cette forme. Tu es prévenu...

Il s'approcha à nouveau et la poussa sur le dos. Puis dans un flou de couleur et de mouvement, il fut au-dessus d'elle. Delaney avec tous ses muscles humains parfaits et pas un seul vêtement.

— Vous, les humains, vous avez plein de blocages, la taquina-t-il.

— Tu es là, dit Stacy en remontant ses mains le long de son dos nu et la faisant frissonner sous la chaleur de sa peau brûlante. Tu es vraiment là.

— J'aurais difficilement pu te lécher autrement, répondit Del en passant en revue le corps de Stacy. Les pyjamas sont une invention cruelle.

— C'est vrai. Laisse-moi...

Elle se tortilla tout en le frôlant accidentellement, et au moment où elle fut nue, il était complètement dur. Elle le savait car son sexe s'était pressé contre son ventre une douzaine de fois.

Elle jeta sa nuisette au loin et s'enroula autour de lui. Jambes autour des hanches, bras autour du torse.

— Ne disparais pas.

— Promis. Mais j'ai aussi une autre promesse à tenir...

Il l'embrassa et la magie revint instantanément, et avec, la chaleur, la passion, et le désir. Lorsqu'il lui mordilla la lèvre, le sexe de Stacy palpita avec force et un frisson la parcourut en sentant sa barbe frotter contre ses seins.

Au moment où il embrassa et suça ses mamelons, Stacy plaqua une main sur sa bouche pour s'empêcher de gémir. La sensation de plaisir alla de sa poitrine jusqu'à son clitoris. Plus jamais elle ne pourrait penser aux moutons sans être excitée.

Del prit ses seins dans ses mains, les hanches nichées entre ses cuisses.

— Si belle, rose et blanche. Désolé de gâcher cette photo parfaite.

— Pardon ?...

Il recommença, d'un côté puis de l'autre, mordillant un sein et pinçant l'autre avec un plaisir évident. Elle se cambra, en voulant plus, voulant...

Quelques minutes plus tard, Del s'éloigna avec un sourire machiavélique.

— Rose et rouge maintenant après avoir été irritée par ma barbe. Mais je ne me sens pas du tout coupable.

— Ne te sens jamais coupable. Continue, supplia-t-elle.

— Oh, mais bien sûr. J'ai à peine commencé. J'ai besoin de te goûter ici, dit-il en descendant plus bas. Et à cet endroit qui a l'air particulièrement agréable.

Sa langue traça une longue ligne le long de son buste avant de descendre vers son ventre.

— Del ?

Il lui tapota le nombril avec de douces caresses.

— Stace ?

— Ne t'arrête pas. S'il te plaît, s'il te plaît, ne t'arrête pas. Donne-moi plus, donne-toi à moi. Donne-moi...

— Tout, promit-il.

Sa langue, chaude et gourmande, ouvrit ses replis intimes et trouva son clitoris.

— Oh, regarde. Quelqu'un se cachait. Heureusement que j'ai un flair infaillible.

— Je ne sais pas comment concilier ton côté loup, et ce que tu fais maintenant, dit-elle amusée.

Del embrassa ses fesses et lui caressa le sexe en ouvrant plus largement ses cuisses avec ses épaules. Il prit un instant pour l'admirer, comme un chien affamé devant un os juteux.

Encore des pensées canines ? Il fallait vraiment qu'elle travaille sur ses métaphores...

— Je suis moi, dit Del en la caressant lentement. Peu importe la forme, je suis toujours moi. Nous ne ferons jamais des choses qui pourraient te mettre mal à l'aise, mais pour le reste, arrête d'essayer de tout définir. Toi et moi, ça fonctionne.

— Ça pourrait fonctionner si tu arrêtais de parler et que tu te servais de ta langue pour autre chose.

— Avec grand plaisir.

Puis sans se presser, il posa la bouche sur son sexe... et la magie opéra à nouveau. Sa langue faisait des choses merveilleuses qui la laissaient pantoise. La spirale du plaisir monta en elle, de plus en plus fort, jusqu'à ce qu'elle halète, les doigts enfoncés dans les cheveux de Del afin de l'immobiliser contre elle. Elle ondula ses hanches et l'envie de rouler au-dessus de lui fut si vive qu'elle serra les cuisses autour de sa tête.

Il émit un petit rire qui vibra contre son clitoris palpitant. Un doigt épais s'enfonça en elle, puis se retira. Encore une fois, plus épais cette fois. Deux doigts ? Elle se fichait de savoir, mais...

— Encore. Oui. Je suis proche, Del. Si proche.

— Laisse toi aller, ordonna-t-il en allant et venant en elle avec ses doigts sans cesser de la lécher.

Le plaisir monta doucement au début, comme de petites vagues sur le rivage avant de se transformer en tsunami. Son sexe se resserra autour de ses doigts, et un feu parcourut son corps.

Elle accueillit l'orgasme de toute son âme. Ses jambes retombèrent, et elle lui caressa les joues alors qu'il remontait le long de son corps en déposant des baisers.

La chaleur et l'amusement qui se reflétaient dans le regard de Del la firent sourire.

— C'était plaisant, dit-elle.

— Très plaisant.

Elle s'étira contre les draps frais et vides et émit une exclamation déçue.

— Qu'est-ce qui ne va pas ? demanda Del en repoussant une mèche de son visage.

— C'est un rêve, n'est-ce pas ? dit-elle en se demandant comment il pouvait sembler si vrai. Si seulement tu étais vraiment là.

— J'aurais aimé aussi. Un jour, promit-il. Un jour bientôt.

Stacy se retourna, étendit sa main sur le lit, là où elle pouvait imaginer Del et serra ses doigts imaginaires avec force.

Un jour très bientôt, espéra-t-elle en se rendormant.

DEL NE FAISAIT PAS SOUVENT de rêves érotiques. Ou du moins il ne s'en souvenait pas. Mais la nuit dernière avait été une première.

Il arriva à son cabinet d'avocats à 8 heures, épuisé et privé de caféine. En se réveillant, il pouvait encore goûter Stacy sur sa langue, et il n'avait pas voulu détruire cette saveur, pas même avec son café torréfié préféré.

Il n'était donc pas dans les meilleures dispositions pour exercer sa fonction d'avocat, mais plus vite il terminerait son travail, plus vite il pourrait retourner au Lodge afin de la revoir.

Euh, rectification : retourner au Lodge afin de gérer les affaires les plus urgentes de la meute.

Heureusement, sa très efficace directrice / assistante juridique haussa un sourcil lorsqu'il passa devant elle en faisant semblant d'être très occupé.

— Bonjour, patron.

— Bonjour, Angie, dit Del une main sur la porte de son bureau.

— Tu devrais peut-être ralentir un chouia, suggéra-t-elle d'un ton doucereux.

Merde. Il connaissait ce ton. Cela signifiait que la liste des choses à passer en revue était si longue qu'il valait mieux commander une pizza dès maintenant.

Del se retourna lentement en changeant son expression penaude en celle formelle digne d'un avocat.

— Oui ?

Angie s'avança vers lui sur ses talons impossibles. Elle présentait toujours une image parfaite aux clients qui franchissaient la porte de son cabinet d'avocats. Elégamment vêtue d'une jupe droite rouge et d'une veste sur mesure sur un chemisier blanc, Angie était raffinée et correspondait exactement à ce que les humains voulaient voir.

La quarantaine, un esprit aussi affûté qu'un piège en acier, c'était l'une des louves les plus puissantes de la meute. Et c'était ce qu'exigeaient les loups qui entraient dans le bureau.

Son pouvoir était également essentiel, car il circulait beaucoup d'informations confidentielles dans ces lieux.

Angie lui tendit un dossier.

— Je travaille avec toi depuis que tu es Alpha. Je comprends que tu doives jongler entre ta carrière et ton... autre métier. Mais tu dois me tenir informée des urgences, d'accord ?

Bon sang. Il avait totalement oublié.

— Tu savais pourtant que je ne comptais pas passer au bureau avant aujourd'hui...

Elle leva la main pour l'arrêter.

— Je ne suis pas ta mère pour devoir écouter tes excuses. Et je ne suis pas ta patronne pour te dicter ton emploi du temps.

Angie le regarda alors attentivement avant de continuer :

— Mais je suis ton amie. Je sais que tu ne peux pas tout me dire, et ma louve n'a pas de problèmes avec ça. Dis-moi juste le nécessaire pour que je puisse me rendre utile.

Et il sut, exactement comme il avait expliqué à Colt qu'il saurait quand quelqu'un était digne de confiance, qu'il pouvait se confier à Angie.

— Je le sais et je t'en remercie. Et si tu me faisais un topo de la situation ? dit-il en secouant le dossier. Ensuite je te tiendrai au courant de ce qui se passe ici.

Il se tapota la tempe.

— Parfait. Il va nous falloir du café, dit-elle en tournant les talons pour aller chercher deux tasses sans attendre son accord.

La caféine allait l'aider, décida-t-il.

La liste des tâches et des questions d'Angie était courte, ce qui n'était guère surprenant. Durant les six dernières années, sa charge de travail en tant qu'avocate était davantage une question d'apparence dans le monde humain que de nécessité d'occuper un emploi.

— J'ai aussi les demandes des habitants de la ville. J'ai accepté les rares cas que je pouvais gérer seule, et j'ai suggéré qu'ils fassent appel à un autre avocat pour ceux que je ne pouvais pas, expliqua la jeune femme en sirotant son café pendant qu'il parcourait le dossier.

— Et combien d'humains as-tu traumatisés ?

Elle cligna des yeux innocemment avant de soupirer.

— J'ai dit à un homme qui voulait divorcer de sa femme pour pouvoir se mettre avec sa maitresse, qu'il ferait bien de reconsidérer ses choix de vie. Mais il est reparti pratiquement indemne.

Del put difficilement contester le conseil d'Angie.

— Tant qu'il n'a pas...

Il s'arrêta en levant une des feuilles.

— Qu'est-ce que c'est que ça ?

Angie se pencha en avant, visiblement soulagée de changer de sujet.

— Un e-mail que j'ai mis de côté, compte tenu du sujet.

Il le lut à nouveau, reconnaissant d'avoir une assistante aussi vigilante.

À l'attention de : Delaney Vezina, BA.LL.B
Distribution : contact du site Internet
Re: Stacy Moraine et/ou Porter Tremblant

J'essaie de retrouver un membre de ma famille que j'ai perdu de vue il y a six ans. Il y a quelques mois, il y a eu un article dans le journal de Toronto concernant une loterie et une propriété dans la région de Jasper remportées par plusieurs femmes, dont Stacy Moraine. L'article citait votre nom en tant qu'avocat dans cette affaire.

Je sais que c'est peut-être une coïncidence, mais mon frère a épousé une Stacy Moraine.

Je comprends que pour des raisons de confidentialité, vous ne pourrez jamais me donner ses coordonnées, mais pourriez-vous lui demander si elle connaît un homme du nom de Porter Tremblant ? Mon frère et moi nous sommes disputés et ne nous sommes pas parlé depuis des années, mais il y a maintenant un héritage à gérer. Si Stacy fait partie de la famille, alors tous les deux ont droit à une part financière substantielle.

J'attends avec impatience votre réponse.
Dwight Tremblant.

Bon sang.

— C'est une complication.

— C'est aussi le plus vieux stratagème du monde de

demander des informations sur quelqu'un et de suggérer qu'il y a de l'argent en jeu pour appâter les gens, dit Angie en hochant la tête avec sagesse. Tu veux m'en dire plus ?

Guidé par son instinct, Del lui raconta tout. La loterie, le fait que Stacy et lui étaient compagnons, les dangers potentiels, et le problème de la drogue.

Au moment où il eut fini, Angie était si furieuse qu'elle voulait se débarrasser des malfaisants à mains nues. ?

Mais elle était suffisamment intelligente pour transformer cette colère en action.

— Je m'occupe des choses au bureau jusqu'à nouvel ordre, l'informa-t-elle en tapotant aussitôt sur son clavier. Je vais envoyer une réponse générique à Dwight pour le faire patienter un peu.

Del appuya sur envoyer sur son propre ordinateur.

— Je demande à mes contacts de Toronto de le surveiller. En attendant, j'ai une autre demande.

Elle le regarda attentivement.

— Stacy a besoin d'apprendre sur les loups, et je suis beaucoup trop distrait en ce moment par... beaucoup de choses.

Prétexte léger, mais vrai.

Elle leva les yeux au ciel.

— Ton visage crie ta frustration de compagnon prédestiné. Tu crois que je ne le vois pas ?

— Ce n'est pas important, insista-t-il. Ce qui compte, c'est ce qu'elle a besoin de savoir. Je ferai ce que je peux, mais pour le reste, elle doit discuter avec une femme.

Angie leva sa tasse de café.

— Je n'ai aucun problème à être le mentor de ta chérie. Merci pour ta confiance, rétorqua-t-elle avant d'afficher un sourire en coin. Je vais essayer de ne pas lui faire peur.

Bon sang, qu'avait-il fait ?

11

———

*S*tacy passa la matinée dans une ambiance joyeuse, ce qui était la conséquence de son rêve érotique, décida-t-elle.

Après avoir déposé les garçons et Dixie au cottage que Marvin avait transformé en garderie, Sophie et elle recouvrirent le tableau blanc du garde-manger avec des idées de menus et des recettes à essayer. Il s'avéra que Sophie n'était pas seulement une excellente source d'informations sur la meute, mais qu'elle était aussi une organisatrice née.

— Tu es par la présente, responsable de la liste, dit Stacy en lui passant gaiement le stylo du tableau blanc avant d'ajouter sur le ton de la plaisanterie : je me charge des épices du petit déjeuner.

La jeune femme rougit.

— Je croyais que c'était du paprika. Mais je vais étiqueter les pots.

— Paprika, poivre de Cayenne. C'est la même couleur, approuva Stacy. Pas de problème. Blue a fini tous les œufs brouillés du petit déjeuner et il a quand même rajouté de la salsa. Il n'y a pas mort d'homme.

Vers 10 heures, on frappa à la porte.

— J'y vais, dit joyeusement Sophie en ouvrant la porte. Merde... euh. Bonjour.

Stacy se retourna, les mains dans la pâte à pizza, pour voir qui avait rendu le ton de Sophie si inquiet.

— C'est qui ?

— C'est Jessica Gottlied, madame Moraine. Pete m'a envoyée pour vous aider à la cuisine.

Une jeune femme aux cheveux noirs contourna Sophie en l'ignorant, et étudia la cuisine avec intérêt avant de déclarer :

— C'est très bien aménagé.

— Euh, oui. Merci, hésita Stacy en essayant de croiser le regard de Sophie qui gardait les yeux rivés au sol. Sophie, viens pétrir à ma place. Encore au moins cinq minutes.

— Oui, m'dame.

Incroyable. Stacy ne l'avait encore jamais entendue parler d'un ton si bas et servile. Et visiblement il suffisait de la regarder avec suffisance pour y parvenir.

— C'est Pete qui vous a envoyée ? demanda Stacy en retirant la pâte de ses mains, au-dessus de l'évier.

— Oui. Il a dit que vous aviez besoin de main d'œuvre, répondit Jessica en reniflant avec dédain. J'ai la certification du Sceau Rouge.

— C'est très bien ça, répondit Stacy qui se retenait de répondre qu'elle avait la certification du Purple Whale.

Elle leva alors un doigt et désigna la chaise la plus proche.

— Asseyez-vous, ordonna-t-elle.

Jessica sursauta, visiblement surprise. Puis elle se

dirigea aussitôt vers la table avant de ralentir et s'installer lentement sur la chaise.

— Stacy, dit Sophie d'une voix à peine audible. Je veux dire, madame Moraine ?

Allons donc. Stacy s'appuya contre le plan de travail tout souriant froidement à Jessica.

— Appelle-moi Stacy. On va devoir discuter de quelques points importants, notamment sur le fait de se défendre. Que veux-tu me dire ?

— On a besoin de main d'œuvre, répondit Sophie les épaules affaissées. J'aimerais pouvoir dire qu'on peut s'en sortir seules, mais ce n'est pas le cas. On ne peut pas travailler indéfiniment sept jours sur sept. Il nous faut au moins trois personnes à la cuisine, et plus, quand les clients seront là.

Stacy lui tapota l'épaule.

— Oui ma chère. Je le sais et je suis heureuse que tu le saches aussi, dit-elle avant de se pencher pour lui murmurer à l'oreille : mais les gens qui travaillent ici devront rester à leur place, tu comprends ?

Le sourire narquois de Jessica disparut, comme si elle avait entendu le commentaire murmuré.

C'était donc une autre confirmation : les loups avaient une super audition. Plus tard, Stacy s'inquiéterait de toutes les conversations chuchotées que Colt avait pu entendre au fil des ans.

Mais pour l'instant, elle croisa les bras et étudia Jessica sans rien dire, se contentant de la fixer.

Ce regard. Le regard des *mères*.

Jessica déglutit avec effort, et quelques secondes plus tard, elle s'efforçait de rester immobile sur sa chaise, comme le faisait Blaze lorsque Stacy lui demandait si c'était lui qui avait mangé les biscuits au milieu de la nuit.

Il fallut quarante-cinq secondes avant que Jessica craque.

— J'ai besoin de ce travail, dit-elle doucement. S'il vous plaît, ne me renvoyez pas.

Stacy soupira et tira une chaise à côté d'elle.

— Alors pourquoi, si vous avez besoin de ce travail, êtes-vous méprisante et impolie envers Sophie ?

— Euh, Stacy ? la coupa Sophie qui continuait de pétrir. Je suis une louve nettement moins dominante que Jessica. Elle ne peut pas s'empêcher d'être impolie avec moi.

— C'est n'importe quoi, lança Stacy avant de rire. Tu aurais dû voir ta tête.

— Mais c'est vrai. Je ne suis pas une louve puissante.

Stacy fit signe à Jessica de rester assise, puis s'approcha de Sophie.

— Écoute-moi.

La jeune femme se figea, les mains enfouies dans la pâte. Bon sang. Cette histoire de loup était compliquée.

— Je voulais simplement dire... d'être attentive parce que c'est important.

Lorsque Sophie leva la tête pour la regarder, Stacy acquiesça avec approbation.

— Bien. Maintenant, écoute. Tu es une louve parfaite.

— D'accoord...

Stacy se tourna alors vers Jessica.

— Et vous êtes aussi une louve parfaite.

C'était exactement ce qu'elle avait dit à Colt l'autre jour. Manifestement l'âge des gens n'avait pas d'importance : il fallait toujours leur rappeler les vérités fondamentales.

— Euh..., fit Jessica en hochant la tête.

— Mais vous êtes toutes les deux également humaines. Vous êtes des femmes, et vous pourriez être des sœurs, des mères, des amies, des employées ou une multitude d'autres choses. Et tous ces rôles ont des règles, tout comme le fait d'être un loup. Vous n'iriez pas serrer dans vos bras une grand-mère que vous ne connaitriez pas, non ? Vous ne cracheriez pas au visage d'un inconnu ?

— Bien sûr que non, protesta Jessica choquée.

— Alors apprenez les règles qui s'appliquent ici. Je suis l'Alpha parce que je suis la patronne de la cuisine de Timberwolf Lodge. Tout comme Pete est l'Alpha de sa cuisine. Vous pensez que Jace entrerait un jour là-bas pour farfouiller dans les casseroles de Pete ?

Jessica et Sophie haletèrent, choquées.

— C'est bien ce que je me disais. Vous avez donc conscience que tout ne tourne pas autour des histoires de pouvoir de loup. Alors soyons clairs : c'est moi qui commande ici.

— Oui, m'dame, répondit doucement Jessica.

Stacy agita un doigt dans sa direction.

— Non. Je suis peut-être l'Alpha, mais c'est notre cuisine. Nous travaillons toutes ici et nous voulons toutes faire au mieux. Ce qui veut dire qu'à part pour régler les dysfonctionnements ou les problèmes, on travaillera ensemble. Sophie sera meilleure dans certains domaines et vous dans d'autres, et chacune de nous aura des points faibles qu'on n'essayera jamais de cuisiner seules.

Jessica tordit nerveusement ses doigts.

— Je peux donc travailler ici ?

— Si vous pouvez suivre mes règles, oui. Et si avoir une certification Sceau Rouge vous permet de faire des macaronis au fromage, parce que c'est au menu du déjeuner et qu'il nous en faut assez pour...

Elle se tourna vers Sophie.

— Combien pour le déjeuner ?

— Douze, en comptant Jessica, répondit instantanément Sophie qui s'était remise à pétrir la pâte.

Elle prit alors une profonde inspiration et regarda Jessica dans les yeux.

— Je suis douée pour les chiffres, donc si tu as besoin d'aide pour multiplier des recettes, demande-moi de l'aide. Je sais que tu as parfois eu des problèmes chez Pete avec ça.

— Euh, d'accord. Oui.

Jessica se leva et tendit la main à Stacy.

— Et oui, je sais faire des macaronis au fromage. Je suppose que vous ne voulez pas d'une version à l'huile de truffe ?

— Pas aujourd'hui. On gardera ça pour une occasion spéciale, répondit Stacy en la conduisant au garde-manger et en sortant un tablier. Bienvenue dans la cuisine.

— Merci, dit Jessica en hochant la tête. Je suis... je suis contente d'être ici.

C'était sa première phrase sincère, et c'était un bon début.

Del était là depuis assez longtemps pour entendre la discussion, et cela ne le rendait que plus fier de savoir qu'il s'agissait de sa future compagne. Il l'avait entendue les réprimander et leur faire la morale, pour ensuite apaiser la situation qui aurait pu être explosive.

Les loups n'étaient pas toujours connus pour leur logique, surtout lorsqu'il s'agissait de hiérarchie.

Il attendit que les deux jeunes femmes soient occupées par leurs tâches avant de faire signe à Stacy d'approcher.

Elle rougit en entrant dans le salon.

— Bonjour. Je pensais que tu étais au bureau aujourd'hui.

— Bonjour. J'y suis passé ce matin, mais mon assistante, Angie, m'a mis à la porte quand j'ai commencé à me plaindre que tu me manquais.

Oui, c'était sans aucun doute une rougeur sur ses jolies joues. À quoi pensait-elle ? Il espérait que ce soit quelque chose d'agréable.

Stacy se mit sur la pointe des pieds pour déposer un rapide baiser sur sa joue.

— Tu m'as manqué, toi aussi, dit-elle doucement.

Ils restèrent là à se sourire avant qu'il se souvienne qu'il avait un point essentiel – autre que la reluquer – à régler.

— Viens par ici.

Del la guida vers le canapé, et s'assit en lui tenant toujours la main.

— C'est confortable, mais tu as quelque chose à me dire.

— Oui. Ça concerne notre discussion d'il y a quelques jours. Il y a un nouvel élément en rapport avec ton ex.

En la voyant pâlir, il s'empressa de la rassurer.

— Ce n'est peut-être rien, mais je dois vérifier. Connais-tu quelqu'un du nom de Dwight Tremblant ? Porter a-t-il déjà mentionné un frère perdu de vue ?

— Jamais, répondit-elle immédiatement. Porter m'a dit qu'il était enfant unique.

Elle marqua une pause, et un pli se forma entre ses yeux alors qu'elle se concentrait.

— C'est l'une des choses, d'après lui, qui l'avait rapproché si rapidement de James : ils étaient tous deux enfants uniques et avaient perdu leurs parents très jeunes. Dwight n'a sûrement aucun lien avec Porter.

— Ou c'est quelqu'un qui essaie de nous rouler dans la farine, ou Porter a menti.

Stacy renifla avec dédain.

— C'est tout à fait possible. Porter aurait très bien pu me mentir. Mais non, je ne connais pas de Dwight.

— C'est tout ce qu'il me faut pour le moment. N'y pense plus. Je m'en occupe.

— C'est ton travail, rétorqua-t-elle avec tendresse.

— Et ton travail consiste à être l'Alpha cuisinière de Timberwolf Lodge, dit Del qui aurait voulu la manger toute crue. Au fait, tu es très sexy quand tu fais ta dominante.

Stacy rougit encore plus fort.

— Je vais devoir me rappeler que certaines personnes entendent à des kilomètres à la ronde.

— J'adorerais que tu fasses l'Alpha avec moi dans ta cuisine. Est-ce que tu aimerais faire ce que tu veux de moi ? M'ordonner de te préparer un sandwich ?

— Est-ce un nouvel euphémisme pour dire *parler* ? dit-elle les yeux brillants. Je te signale dans ce cas qu'on n'a pas vraiment réussi à *parler* ces derniers jours.

— Je sais, et j'en suis désolé.

Elle le fit taire gentiment.

— Ce n'est pas grave. Je ne me plains pas vraiment, parce que je comprends que ce que tu fais est important. Je vais devoir être patiente et attendre.

— Deux traits de caractère qui ne sont pas ton fort ? la taquina-t-il.

Ils rirent tous les deux, avant que Del poursuive :

— C'est mon cas aussi. J'aimerais faire plus que de rêver de toi.

Stacy se figea.

— Des rêves ?

Quelque chose d'important venait de se produire. Del ralentit et tint compte de l'avertissement de son loup.

— Tu veux me dire quelque chose concernant tes rêves ?

— Euh, fit Stacy en ouvrant et fermant la bouche.

— Tu as fait de mauvais rêves ces derniers temps ? Ou des bons ?

Stacy lui caressa les doigts en évitant son regard, les joues brûlantes.

— Est-ce un truc de loup dont tu dois me parler ? Tu sais que je suis très en retard dans mes leçons.

— C'est vrai, mais tu essayes de changer de sujet, dit-il en l'attirant sur ses genoux et enfouissant son nez dans son cou. Tu rêves de moi ?

Elle frissonna et acquiesça.

— Ça me plait. De rêves cochons ? demanda-t-il.

Un rêve comme celui qu'il avait fait la nuit dernière, serait bien.

— *Cochon* fait penser à quelque chose de mal, dit-elle en levant le menton et souriant. Celui-ci était très, très agréable.

Il se souvint vaguement d'une histoire qu'il avait entendue autrefois, mais elle lui échappa. Il tenta de suivre l'idée méticuleusement.

Était-ce possible ?

— Est-ce que je t'ai embrassée ?

— Oui, murmura-t-elle.

Il l'embrassa. Un doux et tendre baiser qui lui effleura à peine la bouche. Elle sourit, ses lèvres toujours contre les siennes.

— C'était plus que ça : plus ferme et plus pressant.

— Pressant, je peux le faire. Mais est-ce que je t'ai touchée ici ?

Il prit sa poitrine dans sa main par-dessus son T-shirt, et sentit son mamelon durcir instantanément contre sa paume.

Stacy gémit doucement et sentit son cœur s'affoler.

— Oui, avec tes mains et ta bouche...

— Je le ferais bien maintenant, mais ça pourrait être un peu risqué, vu où nous sommes assis, rétorqua Del en retirant sa main à contrecœur.

Stacy croisa son regard.

— Tu m'as touchée et léchée, et je voulais continuer. Mais tu n'as pas pu prendre du plaisir.

— Oh, j'ai pris du plaisir.

Il n'y avait plus aucun doute désormais. Ils avaient en quelque sorte partagé le même rêve.

— Stace, je pense que...

— Salut tout le monde.

En entendant le cri joyeux de Blue depuis le palier du porche, Stacy et Del s'éloignèrent l'un de l'autre. La porte d'entrée s'ouvrit brusquement en tapant le mur derrière elle.

— Blue, s'il te plaît, apprends à contrôler ta force, dit Cassidy qui descendait les marches. Cette porte va finir par briser le Lodge.

— Je suis désolé, ce sont tous ces haricots que j'ai mangés.

Stephanie qui les avait rejoints dans l'entrée le regarda avec inquiétude.

— Tu m'avais promis de m'aider sur la mosaïque de la salle de massage, cet après-midi. Mais je ne suis pas sûre de vouloir de ta compagnie si tu as mangé des haricots dans la matinée.

— Pas ce genre de haricots, dit-il balayant son commentaire d'un geste de la main.

— Des pois sauteurs mexicains ? suggéra Jace.

— Des haricots magiques ? renchérit Stacy qui s'était approchée pour se joindre à la conversation.

Si elle croyait pouvoir faire comme si Del et elle ne s'étaient pas enlacés quelques secondes plus tôt, c'était peine perdue. Jace et Blue adressèrent des sourires amusés à Del : elle sentait son odeur à plein nez.

Encore un autre détail dont il devait la prévenir.

Mais il semblait qu'à chaque fois qu'ils étaient ensemble, *être ensemble* soit la seule chose à laquelle il arrivait à penser. Quel meneur il faisait de se laisser ainsi diriger par ses hormones comme un adolescent inexpérimenté. Il devait cesser d'être physiquement obsédé, du moins jusqu'à ce qu'il n'y ait plus de danger.

— Demain, nous irons tous aux sources chaudes, annonça Jace durant le déjeuner. C'est Blue qui l'a suggéré, et je pense que c'est une excellente idée. J'ai réservé l'endroit de 13 h à 21 h afin que toute la meute puisse venir y passer un bon moment.

— Cool, dit Blue en faisant un signe de tête aux garçons qui étaient assis près de lui. Nager dans les sources chaudes est une très bonne activité pour les loups. Colt peut nager comme un loup, et vous deux pourrez faire les meilleurs boulets de canon de tous les temps.

— Bonne idée, approuva Del en faisant un clin d'œil à Ace et Blaze. Les loups sont nuls en boulets de canon.

— Mais non, se plaignit Sophie avant d'y réfléchir. D'accord, la plupart des loups sont nuls.

— C'est à cause de leurs pattes et leur queue qui dépasse, expliqua Marvin aux garçons. Les loups avec leur fourrure sont comme des boulets de canon à cinq pattes. Ça ne ressemble pas du tout à un ballon.

— Hé, monsieur Blue. Comment on dit quand un loup tombe dans la machine à laver ?

— Oh mon Dieu, dit Blue, la main pressée contre sa

poitrine comme s'il était extrêmement inquiet pour le pauvre loup. Comment on dit ?

Blaze se leva d'un bond et leva triomphalement la main.

— Un loup-ssivé.

Les rires furent étouffés par les grognement de joie à l'arrivée des macaronis au fromage et des grands verres de thé glacé. Del était assis entre Stacy à qui il tenait la main sous la table, et le petit Ace de l'autre côté, et il se demanda comment accélérer le temps pour arriver là où tout cela pourrait être réel, tout le temps.

Et vraiment à lui.

12

Une autre escapade nocturne dans un rêve brûlant et torride aurait été très plaisant, mais malheureusement Stacy fut incapable de fermer l'œil de la nuit. Pourtant, un sommeil réparateur avant un rendez-vous important n'aurait pas été superflu.

Un autre rendez-vous avec Del… et ses fils. Une fois de plus, un mélange de bonheur et de déception la frappa.

Blue les avait conduits à une route menant aux sources chaudes, et avait fait un clin d'œil à Del avant de partir.

Del avait remis à chacun des garçons et à Stacy un sac à dos miniature contenant leurs collations et une bouteille d'eau, avant de charger un sac beaucoup plus gros sur son propre dos.

— C'est une randonnée suffisamment longue pour être amusante, mais suffisamment courte pour qu'on ait l'énergie de nager.

— C'est logique, rétorqua Stacy en faisant les lacets d'Ace pour la quinzième fois, avec un double nœud cette fois. Tu ne te sauves pas, d'accord ? Tu dois nous écouter Del et moi.

— Je vais vous expliquer les règles de la randonnée, dit Del.

Il aligna les garçonnets comme des petits soldats, et se plaça devant eux, jambes écartées et mains jointes derrière le dos.

— Trois règles pour assurer notre sécurité et celle du sentier. Prêts ?

— Prêts, dirent-ils ensemble.

Le cœur de Stacy fit un bond lorsqu'elle réalisa qu'ils essayaient tous de copier la posture de Del. Colt n'était pas mauvais, mais Blaze avait la poitrine tellement gonflée qu'il était presque en train de basculer en arrière.

— Restez sur le sentier, ne mangez pas de baies, et ne jetez pas vos goûters dans la faune, énuméra Del joyeusement alors qu'il plaçait Stacy en tête de la file et lui indiquait le sentier balisé. Votre mère va nous donner le rythme et personne n'ira plus vite qu'elle. Tout le monde a compris ?

— Je parie que tu seras à l'arrière, déclara Colt. Pour la sécurité.

— Exact. Je suis le fourgon de queue.

— On est un train, annonça Ace avec enthousiasme. Tchou-tchou, maman.

— Tchou-tchou, acquiesça-t-elle en tenant la main d'Ace.

Le bonheur enfla en elle devant cet instant créateur de souvenirs. Elle aimait que Del ne lui demande pas de se débarrasser des enfants comme s'ils étaient une gêne.

Les laisser quotidiennement à la garde de Marvin s'était avéré merveilleusement mieux par rapport aux garderies auxquelles elle avait eu recourt en tant que mère célibataire. Sa sœur et son amie ne pouvaient pas toujours jouer les baby-sitters, même si elles l'avaient énormément aidée durant toutes ces années.

Pouvoir quitter à tout instant la cuisine et les rejoindre à l'Adventure Academy, comme les garçons avaient nommé leur garderie, était parfait et précieux. Elle les amenait parfois avec elle en cuisine – un à la fois – pour l'aider dans la préparation du dîner. Ce n'était pas tant pour leur aide limitée, mais pour qu'ils participent à la vie de la meute. Apprendre à en être des membres actifs et serviables, et passer des moments agréables à converser en tête-à-tête avec elle pendant qu'ils coupaient et épluchaient du mieux qu'ils pouvaient.

Ce temps passé avec Del et les garçons était exactement ce qu'il leur fallait, songea-t-elle en s'avançant sur le sentier frais et ombragé. Quant à passer du temps seule avec Del, en tant qu'adultes...

À un moment donné, elle allait devoir prendre les choses en main. Ou plus précisément, prendre Del en main et trouver un moyen de le coincer seul, quelque part où ils ne seraient pas interrompus.

— Maman. Ce sentier est trop rigolo. On pourra jouer dans le ruisseau quand on le traversera ? Je peux garder cette pomme de pin ?

La bouche de Blaze allait aussi vite que ses jambes.

— Ace, elle est trop grosse pour que tu la gardes, dit Colt à son petit frère, qui tentait de mettre une pierre brillante dans sa poche. Pose-la et je t'en trouverai une meilleure.

— Ohh, maman. Je peux la garder ? demanda Ace en sautillant devant elle.

Elle était censée donner le rythme, mais ils marchaient plutôt ensemble, riant, posant des questions gaiement.

— Oui, si ça tient dans ta poche. Sinon, laisse-la, ou alors la montagne deviendra plus courte et nous n'aurons plus rien à faire.

Ace réfléchit sérieusement, puis sortit une demi-douzaine de pierres de sa poche et les posa soigneusement sur le bord du sentier. Il les tapota avant de se lever et de prendre la main de Del.

— Voila. Désormais, la montagne restera grande et heureuse.

Elle échangea un regard avec Del dont les yeux brillaient de joie et qui souriait avec approbation à Ace et Colt.

Le nœud dans son ventre n'était pas seulement dû à une attirance physique pour cet homme. Quelque chose d'autre se développait.

— Bon travail d'entretien du sentier.

Del souleva Ace avant qu'il se jette dans le ruisseau, et le posa sur ses épaules.

— Garde la natation pour la piscine, d'accord mon grand ?

— On y est presque ? demanda Blaze.

— Juste au coin, rétorqua Del en pointant un doigt. Allons y.

Il se tourna alors vers Stacy.

— Ça te va si je cours avec eux et les prépare ?

— Allez-y. Je continue à mon petit rythme.

Elle voyait déjà voir les contours de l'établissement, les murs taillés dans la roche et le toit patiné vert qui représentait un point de repère accrocheur.

— Wheeeeee, s'écrièrent les trois garçons et Del alors qu'ils disparaissaient en haut de la colline.

Le soleil réchauffait les épaules de Stacy qui s'arrêta un instant pour s'en imprégner. C'était tout à fait ce dont elle avait besoin : un endroit plus en phase avec la nature. Un endroit où se poser et souffler un peu.

Elle prit son sac à dos dans sa main, et sifflota doucement en tournant au coin du bâtiment qui se situait à l'opposé du parking et de la piscine.

Un jeune vêtu d'un jean usé et d'un T-shirt avec un dessin douteux était appuyé contre le mur. Il arborait un sourire moqueur correspondant à ses vêtements de mauvais goût.

Si elle avait été à Toronto, Stacy aurait fait demi-tour ou traversé la rue. Mais ici, ce devait être un loup, un membre de la meute de Jasper, ce qui signifiait qu'elle devait réagir en conséquence.

Elle s'approcha en le regardant droit dans les yeux.

— Tu prévois de nager aujourd'hui ? demanda-t-elle poliment.

— Bien sûr. Tous les loups le feront. Ce qui veut dire que vous n'êtes pas au bon endroit, marmonna-t-il.

— Si, puisque j'ai été invitée.

— Peut-être que vous n'êtes pas la bienvenue. Vous devriez laisser la meute de loups aux vrais loups.

Comme dans un mauvais remake de *West Side Story*, le gamin se décolla du mur et remua le pouce comme pour débloquer le cran d'arrêt d'une arme à feu. Ses doigts se transformèrent en griffes, et sa main et son bras se couvrirent de poils jusqu'au coude.

Mais qu'avaient tous ces jeunes à métamorphoser certaines parties de leurs corps ? C'était inquiétant tout de même. Stacy regarda le jeune homme en haussant un sourcil.

— Je te suggère de ranger ça avant que quelqu'un soit blessé.

Il sourit et des incisives aussi acérées que des rasoirs dépassèrent de ses lèvres recourbées.

C'était stupide et téméraire, mais Stacy avait atteint son point de non-retour, ce qui étrangement, semblait de produire de plus en plus rapidement ces jours-ci.

Mais il fallait dire qu'elle n'avait jamais été de ces mamans à compter jusqu'à trois, quatre, cinq, avant de faire la loi.

D'un rapide mouvement, elle saisit l'oreille du gamin et la tordit tout en le tirant vers elle. Oui, il s'agissait de violence physique sur l'enfant d'une autre personne, mais elle ne se sentait pas coupable compte tenu des griffes et des crocs.

Elle resta cependant vigilante et se concentra sur les griffes qui étaient bien trop proches de son frêle corps humain.

— Je ne comprends pas comment un jeune homme comme toi peut s'imaginer que c'est un comportement approprié ? Est-ce que tu m'écoutes ?

— Oui, m'dame, zozota-t-il en raison de ses crocs impressionnants.

— Quel est ton nom ? demanda-t-elle.

— Toby.

— Vas-tu rétracter tes griffes et tes dents ? demanda-t-elle en lui tordant un peu plus l'oreille.

— J'essaye. J'ai du mal à me concentrer…, zozota-t-il, gêné.

— Ça ira. Respire profondément et essaye. Ça aide parfois.

Elle relâcha sa prise. Le gamin n'allait pas lui faire du mal ; il essayait juste de lui faire peur, ce qui restait une idée stupide. Encore une autre preuve que les jeunes cerveaux n'étaient pas plus formés chez les métamorphes que chez les humains.

Finalement, au bout d'une bonne minute, il se détendit dans ses bras.

— Je suis désolé. Je suis complètement métamorphosé maintenant.

Elle le retourna et l'examina attentivement, cherchant sur son visage des signes de bouleversement.

— Ça va ?

Les yeux de Toby s'écarquillèrent. Puis il hocha rapidement la tête et fixa le sol.

— Je suis désolé, répéta-t-il. Mes... amis m'ont mis au défi de le faire.

— Ils n'ont pas l'air d'être ici, pourtant ? Peut-être que ce ne sont pas d'aussi bons amis que tu le crois. Je te pardonne, mais ne recommence plus, sinon la prochaine fois tu auras de gros ennuis.

Il baissa les yeux comme si le sol était fascinant.

Puisqu'elle était sur sa lancée, autant finir.

— Et je suis pour la créativité et la liberté d'expression, mais ton T-shirt est obscène. Ce n'est pas bien de mettre ça devant des enfants. Tu devrais le garder pour des endroits où tu seras en compagnies de jeunes de ton âge.

— Oui, m'dame, marmonna Toby.

Mon Dieu, qu'est-ce que c'était que ces marmonnements ?

— Articule quand on te parle. Et regarde les gens dans les yeux.

Il leva la tête et répéta d'une voix plus forte :

— Oui, m'dame.

— C'est mieux, dit-elle en lui tapotant doucement l'oreille. Je suis désolée aussi. J'espère que tu me pardonneras de t'avoir fait mal.

— C'est bon. Je l'ai mérité.

Il avait soudain l'air d'avoir envie de pleurer.

— Je peux… je peux avoir un câlin ?

Elle hésita, sentant son besoin, mais désireuse de ne pas commettre une erreur.

— Je ne suis pas sûre que ce soit une bonne idée. Je pense que ça pourrait faire des histoires si Del te reniflait sur moi. Non ?

L'enfant recula légèrement, et déglutit avec effort.

— Oh, c'est vrai. Le meneur.

Oh et puis tant pis. Stacy serra Toby avec force, comme elle l'aurait fait avec l'un de ses fils.

— Il faut que tu arrêtes tes bêtises. Ne traîne pas avec des gamins qui te font faire des choses que tu ne veux pas faire, d'accord ? Trouve de bons loups solides qui sont prêts à rester à tes côtés, même lorsque tu as des ennuis. Tu sauras alors que ce sont de vrais amis.

— D'accord.

Elle pencha la tête vers la piscine où les rires et les éclaboussures devenaient de plus en plus forts.

— Je dois rejoindre mes enfants. Tu veux venir avec nous ?

— Bien sûr, répondit-il, le regard illuminé de joie avant d'hésiter. Attendez une minute.

Il fit passer son T-shirt par-dessus sa tête et le remit à l'envers.

— Jusqu'à ce que je me métamorphose, expliqua-t-il avec un sourire penaud.

Elle lui tapota le dos puis le poussa vers la piscine.

— Ça fera l'affaire. Ça fera très bien l'affaire.

~

Au moment où Stacy arriva, Del était dans l'eau jusqu'à la taille en compagnie de ses fils. Des loups de toutes les tailles sautaient avec enthousiasme du plongeoir et dévalaient le toboggan.

Il lui fit signe et elle s'approcha, vêtue d'un haut de bikini jaune avec un bord évasé qui couvrait son ventre. Ses seins faisaient penser à deux soleils et ses jambes souples auraient été parfaites, enveloppées autour de lui.

Dieu, qu'elle était belle.

Quelque chose vola à sa droite et atterrit droit sur lui, le faisant couler dans un enchevêtrement de bras semblables à des poulpes autour de sa tête. Il se débattit pour se remettre debout, crachant de l'eau alors qu'il remontait à la surface et remplissait ses poumons.

— C'était génial, s'écria Blaze qui était manifestement la pieuvre. Allez, Ace.

Une seconde plus tard, Del coulait à nouveau, vaincu à deux reprises par deux petits garçons. Il n'allait jamais survivre à cette honte.

Effectivement, lorsqu'il remonta pour la deuxième fois, Jace lui adressait un sourire narquois.

— Je vois qu'on a trouvé la kryptonite de notre puissant meneur.

— Des petits projectiles humains ? Suggéra Blue à la droite de Jace.

— Un minuscule tissu jaune, répondit Jace en se mettant hors de portée de Del.

Ace et Blaze partirent nager ailleurs, impatients de rejoindre Colt et les autres enfants loups afin de lancer une partie de chat glacé dans la partie peu profonde.

— Garde tes yeux loin du tissu jaune et de toutes ses parties non recouvertes par ledit tissu, les prévint Del.

— Oh, s'il te plaît. Comme s'il regardait. Il a Cassidy,

qui se ferait un plaisir de lui arracher les yeux s'il pensait même à regarder une autre femme, en particulier son amie, se moqua Blue avant de faire mine de réfléchir. Les loups célibataires là-bas prévoient une offensive contre Stacy. Je préfère te prévenir, car c'est moi qui ai organisé cet événement en guise de deuxième rendez-vous entre toi et elle – tu pourras me remercier plus tard –, donc laisser quelqu'un d'autre tenter sa chance me rend dingue.

Del se tourna vers l'endroit que Blue indiquait. Il y avait là un groupe d'hommes de vingt à trente ans qui scrutaient la piscine et les femmes assises autour, ou celles qui se prélassaient sur des chaises longues. Ces dernières d'ailleurs, les regardaient en retour de manière pas si discrète.

Stacy s'installa à côté de Cassidy et Steph pour surveiller ses fils et observer la piscine. Que son regard revienne sans cesse vers Del ne fut pas pour déplaire à ce dernier.

Le jeune mâle qui s'approchait d'elle, si.

Del laissa là ses deux amis.

— Blue, merci pour ton aide. Jace, va te faire voir. Excusez-moi.

— Quelle politesse, ricana Jace. Va la chercher, tigre.

— C'est insultant de le traiter de chat, dit Blue. Oh, je comprends. Va la chercher, suricate.

— Hein ? Un suricate n'est pas un chat, dit Jace.

— Vraiment ?

Les plaisanteries s'éloignèrent alors que Del s'approchait des filles en même temps que l'homme. La tentation de plonger la tête de l'individu sous l'eau était forte, mais ce n'était pas le message que le loup de Del voulait faire passer.

Et le loup était très clairement aux commandes en ce moment.

Il n'y avait qu'une seule chose à faire. Del se redressa et s'assit au bord de la piscine, l'eau ruisselant de son corps.

Stacy écarquilla les yeux et plaqua une main sur les yeux de sa sœur.

— Del ? Tu as oublié ton maillot de bain.

Oh, c'est vrai. Il était nu. Peu importe.

Il ne prit pas la peine de mettre en garde le jeunot derrière elle, et se contenta de se métamorphoser tout en continuant d'avancer vers sa future compagne. Un saut gracieux, et il se retrouva au bout de sa chaise longue.

Après avoir tourné en cercle, il s'installa contre les pieds de Stacy avant de lancer un regard noir au jeune homme qui avait osé s'approcher de sa femme.

Sebastien leva les mains.

— D'accord, d'accord. Je ne savais pas, dit-il tandis que son regard passait de Stacy à Del. Je vais par là-bas, loin d'ici. Profitez de votre journée, mesdames. Désolé, Del. On se voit plus tard.

— Merci, dit Stephanie en lui faisant signe de la main.

Elle se tourna alors vers ses amis.

— C'était mignon et bizarre. Del, tu devrais prévenir avant de parader en costume d'Adam loup-garou. J'ai cru que Stacy allait s'évanouir.

— J'essayais de..., dit Stacy en soupirant lourdement et en enfonçant les mains dans sa fourrure. Non, ce n'est pas grave.

Del lui lécha le nez, ce qui la fit rire.

— Je le redis, je ne suis pas très à l'aise avec les baisers de loup. Je préfère donc ne pas trop analyser ce moment.

À côté d'eux, Cassidy souriait encore plus fort. Elle avait visiblement compris ce qui se passait – le fait que Del et Stacy soient des compagnons prédestinés –, soit parce qu'elle était Alpha, soit parce que Jace et elle en avaient parlé.

Pourtant, elle ne gâcha pas les choses et se contenta d'observer la piscine.

— Il y a beaucoup de monde.

— C'est sympa de voir autant de membres de la meute réunis au même endroit, dit Stephanie en abaissant ses lunettes de soleil. Tout le monde est là ?

— Non. Certains viendront plus tard et d'autres pas du tout.

Cassidy donna un coup de coude à Stacy et désigna un groupe de femmes de l'autre côté de la piscine.

— Ce sont celles de l'AML qui t'ont embêtée ?

Del leva la tête pour vérifier que tout le monde se comportait bien. Stacy lui gratta les oreilles en riant doucement.

— Arrête de grogner. Tout va bien, murmura-t-elle avant d'ajouter à voix haute : oui, Cass, et non. J'en reconnais une, mais les autres sont dispersées près du spa et semblent avoir décidé d'être sympas. Je ne suis pas inquiète. Les plus acharnées finiront par revenir à la charge un jour.

— En parlant d'acharnée, je ne vois pas Emma, nota Stephanie. Elle est très spéciale, ajouta-t-elle à l'attention de sa sœur. Une blonde qui sortait avec Jace. Prétentieuse avec une attitude de merde.

Stacy haussa les épaules.

— Elle n'a manifestement pas pu garder Jace.

— C'est vrai, marmonna Cassidy.

— Emma n'est pas là, à s'amuser et à profiter du soleil avec ses amis, ajouta Stacy en souriant. Rien qu'avec ça, je sais qui est la plus intelligente.

— Tu as raison, rétorqua Stephanie en riant.

La conversation continua ainsi autour d'autres sujets tandis que Del était caressé par Stacy à la vue de toute la meute.

Il se sentait là où il devait être, assis à ses pieds, sous le regard de tous, parfois approbateurs, parfois curieux. Toute la meute savait à présent qu'il la revendiquait et qu'il y avait quelque chose entre eux.

Rien n'était acquis, mais c'était un très bon point de départ.

13

— C'est notre première soirée entre filles depuis une éternité, s'exclama Stephanie en faisant irruption dans la chambre de Stacy et brandissant deux hauts. Je sais que je n'ai pas besoin de m'habiller, mais j'en ai envie. Lequel dois-je porter ?

Ses fils faisaient une joyeuse soirée pyjama avec Blue et Jace dans le cottage de Jace, ce qui permettait à Stacy de profiter pleinement d'une soirée entre filles.

Cinq jours après le rendez-vous à la piscine, tout se passait bien.

La cuisine fonctionnait bien avec seulement deux incidents mineurs : une fois quand Jessica avait triplé certains ingrédients d'une recette et doublé d'autres, et l'autre fois lorsque Sophie avait mal calculé le temps de cuisson et qu'elles avaient dû se rabattre sur des omelettes pour le dîner. Mais Stacy était fière de son équipe et de ce qu'elles avaient accompli.

Il y avait eu d'autres incidents en ville avec des jeunes de la meute qui se montraient impolis avec elle, mais elle savait y faire face. Un simple regard sévère suffisait généralement à les calmer et à s'excuser, voire même lui demander un câlin.

Chaque soir, avant de se coucher, Colt partageait avec enthousiasme les exercices de métamorphose et de pistage compliqués que Del avait commencé à lui enseigner, loin de la maison et de Stacy. Ce qui signifiait moins de temps pour voir Del nu...

Dommage.

Ils n'avaient toujours pas pu *parler*, mais elle avait fait d'autres rêves renversants qui l'aidaient à patienter. Ce qui la préoccupait surtout, c'était de le voir si épuisé par son travail de meneur.

Cependant ce soir, il n'était pas question de frustration sexuelle mais d'amitié féminine. Pas seulement avec Steph et Cass, mais également deux femmes de la meute.

— Si je veux faire un effort vestimentaire, c'est aussi parce qu'on va chez Angie, déclara Stephanie. Elle va te plaire. Blue m'a l'a présentée, et c'est l'avocate-assistante géniale et *badass* de Del et elle s'habille trop bien.

Ce soir, c'était leur première sortie, et Stacy espérait que tout se passerait bien, d'autant plus qu'elle avait convaincu Sophie de se joindre à elles. Jessica par contre n'avait pas été invitée. Stacy et Sophie s'étaient rapprochées du fait d'être mamans. Jessica était...

Eh bien, il y avait du potentiel, mais pour l'instant, elles attendaient de voir.

— On croise les doigts pour que tout se passe bien, déclara Stacy en étudiant de plus près les choix de sa sœur.

Un haut fluo et brillant, l'autre pastel et pâle. L'un moulant et l'autre avec une superposition de jolies étoffes qui transformeraient sa sœur en fée.

— Ils sont très différents, dit-elle. Tu canalises ton blues intérieur ?

— Comment ça ? demanda Steph en plaçant les hauts devant elle. Je ne suis pas triste.

— Blue. Le vibrant Omega qui te suit comme ton ombre, si tu veux bien me pardonner l'expression.

— Très drôle, Stace. Oui, Steph, il est bien fluo celui-là, renchérit Cassidy qui entra dans la chambre. Mais j'aime bien. Les deux t'iront très bien, mais mets le fluo.

— L'indécision n'a jamais été ton problème, dit Stacy en souriant.

Cassidy portait un simple débardeur noir et un pantalon de yoga qui mettaient en valeur ses muscles toniques.

— Tu es en pleine forme ces derniers temps, ajouta Stacy.

— C'est le sexe, répondit son amie sans aucune gêne. Vous avez un accessoire à me prêter qui ne ferait pas de moi un clone de Blue ? Un foulard ? Un diadème ?

— J'ai un collier qui irait bien avec ta coloration, déclara Stacy en ouvrant le tiroir de sa table de maquillage pour en sortir la boîte où elle cachait ses jolis bijoux des mains de ses fils.

Un fin papier bleu recouvrait le tout. Elle le sortit et l'ouvrit.

« *Attention. Ils sont dangereux. Tu seras la prochaine victime.* »

— Qu'est-ce que c'est ? demanda Cassidy en essayant de lire par-dessus son épaule. Stace ? Que se passe-t-il ?

— Aucune idée, répondit celle-ci en mettant le papier dans sa poche, et en jetant un coup d'œil à sa montre. Je demanderai à Del de voir ça. Il va falloir y aller si on ne veut pas les faire attendre.

Cassidy l'étudia, mais ne dit rien et accepta le collier que Stacy lui tendait. Puis toutes les trois montèrent dans le monospace acheté par le Lodge en remplacement de celui détruit dans la rivière.

Elles gravirent la colline et pénétrèrent dans la ville avant de se garer devant une très jolie maison de ville en bout de rangée, à la lisière des bois.

Angie avait un verre de vin à la main lorsqu'elle ouvrit la porte.

— Bienvenues, mesdames. Sophie et moi en sommes déjà à notre deuxième bouteille. Vous avez du retard à rattraper.

Sophie fit un signe de la main depuis sa place nichée dans le fauteuil près des portes-fenêtres du patio.

— Ou non. Nous avons un métabolisme de loup, précisa-t-elle.

— Et j'ai un métabolisme de Stephanie, qui est à peu près aussi bon, répondit Steph en passant un bras autour des épaules de ses compagnes pour faire les présentations. Angie, voici ma sœur et voici ma meilleure amie. Qui est aussi la meilleure amie de ma sœur, donc deux fois meilleure amie. Pas comme une deuxième meilleure amie, mais une vraie meilleure amie.

— C'est logique, mais peut-être pas après plus de vin. Entrez, sœurs, meilleures amies et tout ça. Les collations seront sur la table dans dix minutes. Avec ou sans chaussures, c'est vous qui voyez. Mais si vous les enlevez, laissez-nous d'abord nous extasier devant vos tenues.

— D'accord, dit Cassidy en tournant sur elle-même. Admirez-moi, s'il vous plaît. Les cuissardes ne sont pas une mode estivale que j'essaie de rendre tendance, mais bon sang, elles sont sexy. C'est du moins ce que me dit Jace.

— Aux bottes sexy, dit Sophie en levant son verre.

Dépêchez-vous et commencez à boire. Je ne peux pas porter un toast seule.

Les bottes furent retirées, le vin récupéré.

Le salon fut admiré. Le style de décoration d'Angie se situait entre rustique et surcharge de tuyaux en cuivre.

— J'adore la bibliothèque, lui dit Stacy alors qu'elle s'installait sur le canapé à côté de Cassidy avec son verre de vin.

— Merci. C'est Blue qui l'a faite, expliqua Angie. C'est un homme talentueux.

— Talentueux et plein de bienfaits Omega, dit Sophie en fronçant le nez et regardant son verre. Non, ça ne va pas : on dirait un slogan pour des vitamines, et il est bien trop sexy pour être une pilule.

— Aux hommes doués de leurs mains, dit Angie en levant son verre. Et je dis ça de la manière la plus platonique possible.

— Je suis sûre qu'un grand nombre de membres de la meute répondent à ce critère, déclara Stacy. Non pas que je cherche, s'empressa-t-elle d'ajouter.

Angie sourit carrément.

— Parce que tu n'es pas intéressée ou parce que tu as déjà choisi ta cible ?

La meilleure façon de répondre à cette question était de l'ignorer, décida Stacy.

Le vin coula à flots, et la nourriture fut servie. Une trempette au fromage et des chips salées et croustillantes, ainsi que de petites boulettes de viande dans une sauce barbecue savoureuse. Angie expliqua ce qu'elle faisait au sein de l'entreprise Delaney – en gros tout, y compris imiter la signature de Del si nécessaire –, et Sophie raconta des histoires sur la meute. Cassidy les mit toutes en colère en racontant l'histoire de son ancien patron surpris en train d'espionner une chambre où se trouvait un politicien très influent en compagnie de sa maîtresse.

Stacy était bien et détendue, et quand ce fut à son tour de prendre la parole, elle avait une question en tête :

— Est-ce que je me promène avec une sorte de pancarte qui dit « Défions le nouvel humain de la ville » ? Ou est-ce du bizutage ? Il y a une demi-douzaine d'adolescents, peut-être un peu plus âgés, qui se sont partiellement métamorphosés devant moi. Ils ont tous une attitude inquiétante et sont très insolents.

— Ils cherchent à tester leur puissance, expliqua Angie avec un sage hochement de tête. J'espère que tu as pris plaisir à les remettre à leur place.

Elle voulut y réfléchir, mais elle avait bien trop bu pour cela.

— Tester leur puissance ? Comme pour voir jusqu'où ils peuvent aller ? demanda Cassidy, furieuse au nom de Stacy.

— Un peu. Ou peut-être pour voir jusqu'où *elle* les laissera aller, rétorqua Angie en regardant Stacy. Ce qui me vient spontanément à l'esprit, c'est qu'ils voient l'intérêt de Del pour toi, et ils se demandent si tu es l'autre moitié.

La mâchoire de Stacy en tomba, et elle ne put s'empêcher de haleter.

— Quelle autre moitié ?

— Les leaders. Comme Jace et Cassidy, répondit Angie franchement. Les loups aiment savoir où ils se situent dans la hiérarchie. Ils aiment aussi savoir qu'ils sont en sécurité avec des personnes qui prennent soin d'eux.

Oh bon sang. Tant de choses devinrent soudain claires. Les gens les voyaient déjà, Del et elle, comme un couple ? Ce qui voulait dire que... non, les pensées confuses qui lui virent devaient être explorés en privé.

Elle utilisa donc une fois de plus ses compétences primées en matière de changement de sujets.

— Merci de me rappeler cette histoire de hiérarchie absurde, dit-elle en se tournant vers Sophie. Tu me rends folle. Tu es tellement mieux dans la cuisine maintenant, et ici... je sais qu'Angie est une louve puissante, et pourtant tu la taquines. Pourquoi laisses-tu les autres femmes de la meute te rabaisser si souvent ?

— Je ne comprends pas non plus. Je comprends cette histoire de pouvoir, mais elles sont méchantes avec toi. Pourquoi supportes-tu ça ? renchérit Cassidy.

La jeune femme haussa les épaules.

— Je suis tout en bas du totem, mais je pense aussi que les méchantes sont jalouses. J'ai une jolie petite fille, j'ai de bons amis, donc je me sens désolée pour elles. De plus, ma louve n'aime pas les conflits, donc il est plus facile de ramper les rares fois où les méchantes et moi sommes ensemble.

— Où se situe Dixie sur l'échelle de la hiérarchie ? Ça ne lui complique pas la vie que sa mère ne se défende pas ?

Angie sourit.

— Ça fait partie du problème. Dixie est une petite centrale électrique, donc Sophie ne s'inquiète pas pour elle, n'est-ce pas chérie ?

Sophie sourit.

— Mon bébé peut prendre soin d'elle-même toute seule.

C'était si déroutant.

— J'aimerais vraiment que tu prennes aussi soin de toi, lui dit Stacy gentiment.

— J'essaie, répondit Sophie en regardant son vin avant d'afficher un sourire éclatant. C'est agréable de travailler avec toi. Tu facilites mon travail et tu m'encourages à être forte.

— En fin de compte, beaucoup de choses sont liées au pouvoir, déclara Angie en haussant les épaules. Tu dois déterminer ce que tu veux à ce niveau, et le reste suit facilement.

— Les gens doivent faire leur travail. Ça aussi, ça facilite les choses.

— En parlant de faire notre travail, dit Cassidy en tendant la main. Donne-moi ce mot que tu as trouvé.

— Pourquoi ? demanda Stacy spontanément

— Parce que je suis ton Alpha.

Stacy leva les yeux au ciel comme ses fils l'auraient fait.

— Tu parles d'un argument. C'est aussi nul que de dire : *parce que je suis la maman.*

— Exactement.

Cassidy regarda à nouveau le mot, puis le plia et le tendit à Angie.

— Ne le lis pas. Tu as une idée de la personne qui a touché ça, à part Stacy et moi ?

Angie fronça les sourcils.

— Tu veux que je le renifle ?

— Oui, mais je trouve que ce n'est pas poli de le demander, dit Cassidy en souriant. Je finirai par m'y faire un jour.

Angie rit en portant le message à son nez. Une lente inspiration plus tard, elle sourit.

— Des notes de cannelle, de chocolat et de framboise.

Stephanie ricana dans son verre de vin.

— Une bonne année ?

Angie haussa les épaules et rendit le message à Cassidy.

— Une bonne cuisinière. Ça sent la même chose que Sophie et Stacy. Qu'y avait-il en dessert au Lodge ce soir ?

Zut.

— Tourte aux framboises. Tout ce que tu sens, c'est moi.

Ce qui signifiait que Stacy transmettrait le message à Del comme elle avait prévu et qu'elle le laisserait s'en occuper.

— En parlant de dessert, j'ai apporté les restes, ajouta-t-elle. Quelqu'un en veut ?

Un chœur d'acclamations retentit. Les messages mystérieux et les leçons de pouvoir furent oubliés alors que le sucre et le vin coulèrent à flots.

Seule Stacy avait beaucoup de choses à penser et beaucoup de choses à demander à Del... très bientôt.

Une impasse après l'autre. C'était tout ce que Del avait découvert après avoir suivi toutes les pistes en rapport avec la découverte au bowling.

Il dit au revoir à la famille à laquelle il avait rendu visite, ignora le chemin direct menant à sa maison de ville et retourna à pied à Timberwolf Lodge.

Sa douce aventure avec Stacy et ses fils quelques jours plus tôt n'était plus que souvenirs, et il avait envie de passer du temps avec eux.

Il s'était arrangé pour être toujours présent aux leçons quotidiennes de Colt. L'enfant était incroyable et très désireux d'apprendre, et Del appréciait énormément le temps passé avec lui. Stacy était toujours aussi alléchante, et il ne se privait pas de l'admirer, parce que ne pas pouvoir la voir aurait rendu son loup fou. Mais le temps passé avec Colt était une récompense en soi.

Cependant, Ace et Blaze lui manquaient, ce qui lui en disait long sur ce qui se passait avec son loup et à quel point ses plans devaient être accélérés.

Heureusement, il avait pu résoudre rapidement un

sérieux problème. Le gamin du bowling qui travaillait le jour où ils s'y étaient rendus, Carter Simmons, était venu voir Del quelques jours plus tard pour demander son aide.

— Je ne me sens pas bien, avait dit Carter. Je... cherche la bagarre. Et pas seulement avec mes frères, ce qui serait normal parce qu'ils sont de la famille et que nous sommes censés nous disputer, mais avec les adultes et les loups que je ne devrais pas chercher.

Il leva rapidement son regard puis le baissa.

— J'ai été impoli avec Stacy et ses fils quand ils sont venus. Je ne voulais pas le faire, c'est juste sorti, comme si quelqu'un d'autre me contrôlait.

Les drogues, comprit Del.

— Tu as peut-être pris par mégarde quelque chose qui perturbe ton corps de métamorphose, dit-il au gamin. Laisse-moi appeler Blue pour qu'on puisse t'aider.

Une aide qui se résuma à passer du temps avec Carter, et faire comprendre à son loup qu'il avait une place solide au seins de la meute et qu'il n'avait pas besoin de se battre pour gravir les échelons de la hiérarchie. Blue fit peut-être des choses plus magiques, mais le travail de Del fut essentiellement d'emmener Carter courir sous forme de loup, puis de jouer à tout un tas de jeux de société sauvages et exubérants avec toute la fratrie Simmons.

Passer du temps à voir les liens familiaux entre ces jeunes gens ne fit qu'intensifier son envie d'être auprès de Stacy et ses fils.

Del courut plus vite. Son besoin d'être auprès d'eux était si forte qu'il en ressentait une douleur lancinante. Il attendait toujours un retour de Toronto concernant Dwight, et il menait une enquête en parallèle au sujet de James auprès des anciens amis de Stacy.

Mais pour le moment, il devait se reposer afin de

pouvoir recommencer le lendemain. Il s'arrêta près du lac Timberwolf, retira ses vêtements et les rangea dans l'une des étagères camouflées qu'ils avaient construites à cet effet.

Puis, il se métamorphosa et courut.

Certaines nuits, lorsqu'il faisait une ronde du périmètre, Jace ou Blue le rejoignaient. Ou les deux parfois. Ensemble ils construisaient leur équipe d'une manière instinctive propre aux loups, courant autour des arbres, escaladant les parois rocheuses, et se poussant de temps en temps dans les rosiers...

Ils étaient aussi terribles que Carter et ses frères à certains égards.

Mais ils étaient comme des frères, même si leurs liens étaient un choix, et non celui du sang : une union d'hommes puissants pour le bien de la meute. Une responsabilité que Del avait prise au sérieux en tant qu'Alpha et qu'il prenait tout aussi sérieusement à présent.

Mais avec Blue et Jace, c'était encore mieux qu'avant. Cela restait une énorme responsabilité, mais à présent les rires, les jeux, l'amour et l'espoir se mêlaient à leur statut de leaders.

Ce changement venait en partie de Cassidy, Del en avait conscience. Sa présence avait rendu Jace plus fort, et ainsi renforcé la meute. Stacy était déjà en train de nouer des liens avec la meute... Même sans le savoir, ce qui ne faisait que la rendre encore plus incroyable pour lui.

Rien n'était encore acquis, mais il la voulait tellement qu'il ne pouvait imaginer un avenir sans ses fils et elle.

Il avait couru tellement longtemps que la nuit était tombée. Elle était sûrement rentrée de sa soirée avec Angie et ses amies et, avec un peu de chance, elle dormirait. Le Lodge serait calme et silencieux, et personne ne remarquerait sa présence.

Del sprinta jusqu'au Lodge puis se métamorphosa, la poitrine toujours haletante alors qu'il regardait la maison et réfléchissait à l'endroit où il dormirait. L'un des cottages vides était le choix le plus logique.

Je ne veux pas de logique. Je veux être avec Stacy, l'informa fermement son loup.

Qu'il en soit ainsi.

Quelques manœuvres étaient nécessaires, ainsi que l'utilisation de ses griffes, mais il grimpa la façade de la maison et parvint au balcon de Stacy sans efforts. Le fait qu'il l'ait fait si facilement ajouta un autre élément à sa liste de tâches de mise à niveau de la sécurité.

Son parfum lui parvint par la fenêtre ouverte. L'odeur plus légère des garçons en arrière-plan s'accordait parfaitement avec celui de la jeune femme. Ils étaient si clairement une famille qu'il se surprit à sourire.

Ils sont tous à moi.

Pas encore, le prévint son loup. *Mais bientôt.*

Les rideaux ondulaient dans la brise, et le clair de lune brillait au-dessus de sa silhouette endormie. Couchée sur le côté, et le visage caressé par un rayon argenté, elle était à la fois une déesse et une madone.

Satisfait qu'ils soient tous là en sécurité, Del se métamorphosa. Il se roula en boule sur la terrasse et ferma les yeux, bercé par les petits bruits nocturnes de la forêt. Son museau reposait sur ses pattes, et les planches en bois sous son ventre étaient encore chaudes du soleil d'été.

Quelques instants plus tard ou quelques heures, il rêvait qu'il marchait comme un humain, main dans la main avec Stacy, au bord du lac, dans la lumière déclinante du soir.

Elle remit ses cheveux derrière son oreille et lui sourit.

— Tu es un homme difficile à trouver ces jours-ci.

— Tu devrais demander à Colt de t'aider. Il a un

excellent sixième sens pour savoir quand je cherche à le duper et revenir sur mes pas sur une piste.

— Il est tellement excité par tout ce que tu lui apprends, dit-elle en lui serrant la main. Blaze et Ace veulent aussi prendre des leçons de loup avec toi. Ne t'inquiète pas, ils savent qu'ils ne peuvent pas se métamorphoser. Ils veulent juste passer du temps avec toi.

— Ce sont des enfants formidables, dit-il en s'arrêtant devant un banc en rondins fabriqué par Blue, qui surplombait le lac et le coucher de soleil. Et ils ont une maman formidable.

— Eh bien, merci, monsieur. Est-ce que tu cherches à me flatter ? demanda-t-elle en battant des cils. Je l'espère en tout cas.

— J'espérais qu'on pourrait... *parler*, admit-il en s'asseyant et la tirant entre ses jambes.

Elle se tenait dos au lac, les couleurs vives du coucher de soleil scintillant autour de sa tête comme un halo. La jeune femme l'examina attentivement, vibrant, mais solide comme l'acier. Elle posa une main sur son front, le caressant doucement avant de descendre sur sa joue.

— J'ai tellement envie de *parler*, concéda-t-elle.

Une seconde plus tard, elle était à califourchon sur ses cuisses, ses jambes écartées sur les siennes. Elle posa ses mains sur son torse, puis plus bas... et sans le quitter des yeux, elle défit le bouton de son pantalon et abaissa la fermeture Éclair.

— Stace, murmura-t-il.

Était-ce une protestation ou une supplication pour qu'elle continue ? Elle haussa un sourcil.

— La dernière fois qu'on a *parlé* – moi je dirais plutôt *batifolé* – je me souviens de t'avoir supplié d'arrêter de me taquiner. C'est mon tour.

— J'ai créé un monstre, gémit Del avant qu'elle le prive de toute capacité de parole.

Sa main autour de son membre, fraîche et douce, était parfaite. Plus précisément, sa main autour de son membre, le caressant, était parfaite.

Elle se souleva légèrement afin de passer ses lèvres sur son cou, mordillant, embrassant et suçant doucement. Et pendant tout ce temps, sa main le rendait fou. Il ferma les yeux et laissa le plaisir l'envahir. Ses testicules le picotaient et le bas de ses reins lui envoyaient de petites décharges électriques.

Il en avait tellement envie. Il la désirait tellement.

Elle se redressa, provoquant un petit gémissement de dépit alors qu'il se mordait la lèvre pour s'empêcher de la supplier, et posa un regard brillant sur lui.

— Del ?

— Stace ?

— Del, répéta-t-elle plus fermement, les sourcils froncés au lieu d'une expression de plaisir. Réveille-toi.

14

Ressentir cela était dangereux, décida Stacy. Cela ne pouvait pas être sain que son cœur s'emballe si fort, que son corps souffre autant, ou que ses terminaisons nerveuses soient à ce point à fleur de peau.

Elle s'était promenée et avait flirté avec Del sous le ciel ensoleillé. Puis elle avait pris l'initiative et avait grimpé sur ses genoux.

Donner du plaisir à Del était indescriptible. Cela allait au-delà de l'orgasme : c'était une connexion physique, et un sentiment incroyable de voir à quel point il la désirait et voulait son contact...

Incroyable.

Jusqu'à ce que... Quelque chose changea, devint flou.

Il était toujours là, sous ses mains et ses lèvres, mais ce n'était pas réel.

C'était un rêve.

La voix dans sa tête fut suffisamment forte pour qu'elle se redresse dans son lit. Les yeux ouverts, elle observa les rideaux qui ondulaient au gré de la brise, le matelas ferme sous ses hanches et sa main.

Un rêve ?

Oui, un autre rêve, mais si réel et intense, et qui continuait à se dérouler devant ses yeux. C'était comme si elle était branchée à une chaîne de télé dans tête, et qu'elle pouvait, si elle le voulait, la régler un peu plus précisément et se reconcentrer dessus. Revenir là-bas avec Del.

Ou je pourrais rester réveillée et retrouver l'homme en chair et en os.

Stacy rejeta la couette et se dirigea instinctivement vers les portes-fenêtres. Elle ouvrit celle de droite et trouva Del sous sa forme de loup, recroquevillé sur la douce couverture qui était tombée de la chaise longue.

— Del ?

— Stace ?

Elle haleta. La voix de Del était dans sa tête. Les choses étaient officiellement au-delà de l'incroyable et devenaient carrément miraculeuses.

— Del.

Comment était-elle censée le traiter sous sa forme de loup ?

— Réveille-toi, dit-elle sèchement.

Il remua légèrement, puis soupira et sembla se rendormir. Frustrée, elle le poussa du bout du pied.

Réagissant instantanément, le loup se redressa brusquement sur ses quatre pattes, pleinement alerte et la fixant.

— Entre, ordonna-t-elle.

Del s'exécuta et attendit qu'elle referme la porte. Il la fixa et elle jura pouvoir l'entendre réfléchir.

— Bien, dit-elle en tirant le verrou.

Il se retourna, sauta sur son lit et s'allongea sur le ventre. Son regard intense semblait à la fois possessif et inquiet.

— Ce n'est pas que ça me dérange, mais pour être

honnête, même si j'adore ton loup, je préfère que ce soit le Del humain dans mon lit.

En une seconde, il se métamorphosa, un genou replié et allongé sur le côté comme un mannequin.

— C'est mieux ?

— Beaucoup, dit-elle en s'éventant et en refusant de détourner le regard, pour au contraire, le regarder tout son soûl. Bon sang, Del. Tu m'empêches de me concentrer sur les questions importantes. Que se passe-t-il ?

— Est-ce que tu as fait un autre très agréable rêve ?

— Oui, et je pense que toi aussi.

— Il n'était pas mal, avoua-t-il. Mais pour le réveil, je ne sais pas trop encore. J'ai détesté au début, mais il est fort possible que j'aime où ça nous mène.

Stacy sentit la chaleur monter en elle. Ce n'était pourtant pas de la gêne, mais une faim douloureuse. Elle marqua une pause et repensa à tout ce qu'elle avait appris depuis son arrivée à Jasper.

Son amie Cassidy avait désormais un métamorphe loup pour partenaire. *Compagnons prédestinés* : voilà comment elle appelait cela. Comme s'ils s'appartenaient depuis toujours. Mais Cassidy avait pleinement choisi la situation.

Del avait été à ses côtés depuis son arrivée. Il avait fait son possible pour être avec ses fils et elle. Il avait dit...

Elle avait du mal à se rappeler ses mots exacts, mais ce qui l'avait marquée, c'était le moment où il lui avait expliqué qu'il chercherait à trouver un moyen de sortir avec elle sans passer pour un harceleur.

D'après Angie, la meute pensait qu'ils faisaient partie des leaders : pas seulement Del, mais elle aussi.

Bien que désireuse de reprendre le rêve là où il s'était arrêté, elle en voulait cependant plus. Elle voulait savoir. Comprendre.

Pouvoir choisir, tout comme Cassidy, son propre destin.

— Je dois te demander trois choses, dit-elle.

— Je suis déçu, rétorqua-t-il avec un sourire taquin. Je pensais qu'on avait convenu que pour nous, *parler,* c'était quelque chose de tactile. Mais vas-y.

Del se redressa et s'assit, les jambes croisées.

Stacy regarda le plafond pendant un moment afin d'essayer de ramener sa tension artérielle à la normale. Elle saisit son oreiller et le jeta sur ses genoux.

Il sourit diaboliquement

— Fais plaisir à l'humaine, dit-elle sèchement.

— On a déjà eu une conversation en trois parties, rétorqua-t-il intrigué.

— Je sais. J'aime les traditions.

Seulement, par où commencer ? Le rappel de la première discussion lui donna la réponse.

— Quand on a commencé : quand on a longuement parlé avec des mots, tu as dit que tu ne me révélerais pas tout, tout d'un coup... je veux dire, vos histoires de loup.

— Est-ce une question ?

— Non, la voilà : toi et moi nous sortons bien ensemble ? Ce n'est pas qu'une aventure passagère, n'est-ce pas ?

— Non, ce n'est pas une aventure passagère. Pas pour moi.

Del fut si soulagé de prononcer ces paroles qu'il aurait pu s'affaler comme un pudding au loup sur le lit. Mais il devait aller jusqu'au bout.

— Mais tu n'as pas vraiment accepté d'être avec moi. Et jusque-là, rien n'est gravé dans le marbre.

Elle leva un deuxième doigt.

— Suis-je censée faire partie des leaders de la meute Jasper ?

— Oui, dit-il spontanément. Tout le prouve : que ce soit ton comportement ou la façon dont la meute réagit à ta présence. Les choses qu'ils te disent et les petits tests qu'il te font passer, sont autant d'indices qui indiquent qu'ils essaient de déterminer ce que tu peux supporter, même s'ils espèrent que la réponse soit *pas grand-chose*.

Stacy fronça les sourcils.

— Vraiment ?

— Vraiment, affirma-t-il. Pense à tes fils. Est-ce qu'ils seraient vraiment heureux si tu les laissais se coucher à n'importe quelle heure, manger n'importe quoi et ne jamais se brosser les dents ? Ou est-ce qu'ils n'adorent pas secrètement que tu saches instinctivement quand ils se contentent de passer leur brosse à dents sous l'eau sans l'utiliser ?

Elle émit un reniflement amusé.

— Blaze a essayé ça trois jours de suite en poussant de plus en plus la comédie du pseudo-brossage. Quand Colt l'a taquiné parce qu'il mettait plus de temps à faire semblant de se brosser les dents qu'à simplement les brosser, les choses se sont arrangées.

— Et c'est en partie pour ça qu'ils t'aiment autant : tu devines ce qu'ils mijotent. Parfois, tu fais la loi, et parfois tu laisses quelqu'un qui leur est proche et cher être le marteau, dit Del en lui prenant la main. La meute de Jasper a besoin de plusieurs leaders qui fonctionnent comme une unité cohérente. Jace et Cassidy sont désormais des Alphas. Ils constituent une base solide sur laquelle les autres peuvent s'appuyer. Ils sont la force et le pouvoir et font ce qui doit être fait.

— Mais tu es le meneur. Ton travail aussi une question de pouvoir ?

— Oui, mais d'un autre genre. Vois ça moins comme un guerrier et plus comme un gardien de la paix qui applique les règles au mieux.

Elle en resta bouche bée.

— J'étais complètement dans l'erreur. Je croyais que tu représentais les muscles.

Il haussa les épaules.

— Je peux quand il le faut, dit-il en souriant. Tout comme toi. Tu dois te montrer forte lorsque tu es en mode maman ours, n'est-ce pas ?

Elle acquiesça avec incrédulité.

— Oui. Mais tu réalises que ça signifie que tu es aussi une maman ourse ? Tu es si gentil avec les garçons et les membres de la meute. Ils t'admirent et veulent te faire plaisir. Tu les encourages à s'améliorer et à donner le meilleur d'eux-mêmes.

— J'espère que c'est le cas. Mais n'utilisons pas l'expression *maman ours* quand Blue est là, d'accord ? Pas besoin qu'on me demande jusqu'à l'éternité si mon porridge est trop chaud ou trop froid.

Stacy posa une main sur sa poitrine.

— Tout est plus clair maintenant. Même si la discussion a pris un cours différent par rapport à nos rêves.

— Je suis toujours là et la nuit n'est pas terminée.

— Non, effectivement.

Mais l'expression de Stacy était encore trop pensive pour le *saute-moi dessus* que Del espérait.

— Prêt pour ma dernière question ?

— Peut-être.

Elle lui tapota le genou.

— Ne t'inquiète pas... pas trop.

Il émit un reniflement de dédain. Stacy leva à nouveau la main et montra trois doigts.

— Si nous sommes des compagnons prédestinés, et si je fais déjà partie des responsables de la meute, je vais avoir besoin d'un peu de temps pour y réfléchir.

— Ce n'est pas vraiment une question, fit-il remarquer, partagé entre amusement et déception. Grammaticalement parlant, tu as utilisé plusieurs fois le mot *si*, mais c'était une déclaration.

— Waouh, un membre actif de la police grammaticale. Voilà donc une autre de tes fonctions en tant que meneur, le taquina-t-elle. Mais tu as raison. Ce n'était pas une question : j'ai besoin de temps. Ça ne fait que deux semaines que je suis à Jasper. Ma question est donc la suivante : peux-tu me pardonner d'avoir besoin de temps ?

Le cœur de Del se serra.

— Stace. Il n'y a rien à pardonner.

Del qui avait atteint sa limite, fut incapable de rester plus longtemps auprès d'elle sans la toucher. Il avait besoin de la rassurer et qu'elle sache que ses besoins étaient importants pour lui. Il aurait pu partir en guerre pour effacer toute trace d'inquiétude ou de tristesse chez elle.

Il la prit sur ses genoux et la serra contre lui.

— Je te veux. C'est la vérité et ça ne changera jamais. Mais je veux tout de toi. Je veux que tu sois consentante et que tu t'ouvres à moi, et que tu choisisses pleinement de rester à mes côtés pour le restant de nos vies. Ça compte bien plus que tu ne peux l'imaginer.

— Merci, murmura-t-elle avec un soulagement évident.

Elle lui prit la joue et plongea dans son regard comme si elle pouvait lire au plus profond de son âme. Et ce qu'elle y lut, fut de l'inquiétude.

— Que s'est-il passé ? Qu'as-tu eu à faire que tu n'avais pas choisi ?

Cela ne faisait que deux semaines, réalisa Del. Il avait été tellement émerveillé d'avoir trouvé sa compagne, qu'il avait ignoré tout le reste, comme expliquer qui il était et ce qui s'était passé dans son passé.

— Je ne voulais pas être l'Alpha. Avant que Jace prenne ma place, la nuit de votre arrivée, j'étais l'Alpha de la meute. Tu le savais, n'est-ce pas ?

Elle hocha la tête.

— Cassidy a dit que tu avais pris la place de ton père.

— Prendre la place est une... façon délicate de le dire, dit Del en grimaçant.

Il croisa son regard, espérant contre tout espoir de ne pas la perdre pour toujours après sa confession.

— Mon père est devenu accro à une drogue qui perturbe les hormones des métamorphes. Il était déjà l'Alpha de la meute, mais ça lui donnait envie de plus : plus puissant, plus de pouvoir, être obéi plus instantanément.

— Un dictateur au lieu d'un leader, comme Jace et Cassidy ?

— Oui, et dangereux de surcroit. Il a blessé un adolescent de la meute qui, selon lui, lui avait manqué de respect. Le gamin ne l'avait pas vu, il faisait simplement l'idiot et s'amusait, mais mon père l'a tellement battu que Joey s'est retrouvé à l'hôpital.

Stacy posa une main sur sa bouche.

— Oh mon Dieu.

— Joey va bien, mais il ne vit plus ici. Je lui ai trouvé un nouveau foyer dans une meute d'Edmonton, et il se porte bien.

— Continue, dit-elle en frissonnant dans ses bras.

La seule façon d'y arriver, c'était d'aller droit au but.

— Mon père était devenu dangereux pour la meute. Les enfants, les bébés... On ne pouvait pas laisser faire. Et le loup le plus fort de la meute, celui qui pouvait l'affronter, était...

Il n'arrivait pas à le dire.

— Toi ? demanda Stacy en lui caressant la joue.

— Jace.

Les yeux de Stacy s'écarquillèrent sous le choc. Del continua :

— Mais Jace avait passé des années à faire des études et à investir tout ce qu'il possédait afin de lancer les Puits Carter. C'est un système d'extraction d'eau potable à un prix abordable pour les communautés éloignées, et il était sur le point d'en faire une réalité lorsque mon père a déraillé.

— Oh, Del, s'exclama Stacy qui voyait à présent où il voulait en venir.

— Si Jace était devenu l'Alpha, il serait resté coincé ici, alors qu'il devait partir pour terminer son projet. C'est une invention vitale pour tant de personnes, et elle n'aurait jamais vu le jour s'il n'avait pas été aux commandes au moins durant le lancement. J'avais déjà terminé mes études de droit et j'étais de retour à Jasper pour y rester. Je n'étais peut-être pas le plus fort, mais je l'étais suffisamment. J'ai écarté la menace et je suis devenu Alpha à la place de mon père. Et puis, comme il était toujours le plus fort, j'ai dû montrer mes muscles à Jace. Je lui ai dit de quitter la ville, sinon... heureusement, il l'a fait, mais je me suis retrouvé seul à faire un travail dont je ne voulais pas. Mais la meute avait désespérément besoin de moi.

— Donc tu es devenu Alpha au lieu de meneur, dit-elle en hochant lentement la tête. Je vois pourquoi tu comprends l'importance d'être autorisé à faire un choix.

Mais Del devait savoir.

— Stacy. Tu veux toujours être avec moi après avoir entendu ce que j'ai fait ?

Elle battit des cils, confuse pendant un moment avant de comprendre.

— Le fait d'avoir éliminé un homme dangereux pour protéger des innocents ? Del..., dit-elle en posant la tête sur son torse. Tu viens de m'expliquer que nous sommes des mamans ourses pour la meute. Tu penses que je ne tuerais pas pour protéger mes fils, même si c'était quelqu'un de proche de moi ?

— J'espère que tu n'auras jamais à le faire, mais... tu as raison. Tu es féroce, et gentille, forte et douce. Tu es tout ce que je veux, déclara-t-il avec un tel soulagement qu'il en chancela. Merci.

— On fait une drôle de paire, murmura-t-elle. Parfaits l'un pour l'autre.

Ils restèrent ainsi encore un moment, serrés l'un contre l'autre. Puis Del la poussa doucement vers l'oreiller.

— Mettons-nous sous les couvertures, suggéra-t-il. J'ai besoin de te serrer contre moi, rien de plus. Laisse-moi juste te tenir.

Elle hocha la tête, épuisée, mais le regard alerte et se blottit dans ses bras, heureuse, membres emmêlés, mains entrelacées.

Ce n'était pas du sexe, mais c'était quand même très intime.

Son loup se détendit, paisible pour la première fois depuis des mois. Del s'endormit, sa compagne dans ses bras et la promesse d'une éternité quelque part devant eux.

15

La lumière filtrait à travers les rideaux et une silhouette chaude et magnifique était blottie contre lui. Le corps de Del était complètement éveillé même si son cerveau ne l'était pas. Ou du moins, son sexe était éveillé, dur et fermement plaqué contre le joli derrière de Stacy.

Il soupira joyeusement lorsqu'il réalisa qu'à un moment donné dans la nuit, elle s'était retournée pour se coller à lui, et que non seulement il était pressé contre ses fesses, mais que sa main gauche reposait sur sa poitrine.

— S'il te plaît, dis-moi que tu es réveillée.

— Réveillée, mais je préfère t'avertir que même si mes pensées vont dans la même direction que les tiennes...

Le pied du matelas rebondit. Une, deux et trois fois.

— Maaaaaaaman, s'écria Ace en rampant sur leurs jambes.

Del se rapprocha instinctivement de Stacy pour protéger ses parties intimes d'un éventuel piétinement. L'instant d'après, l'enfant était à cheval sur les côtes de Del et Stacy.

— Vous avez fait une soirée pyjama ! s'écria-t-il avec joie.

Oh merde.

Dieu merci, Stacy rit et s'assit en prenant Ace dans ses bras.

— C'est vrai. Comment tu vas ? Tu as réussi à attraper des extraterrestres envahisseurs pendant ton sommeil ?

— J'ai rêvé de hamburgers, annonça Blaze qui s'installa avec détermination sur les genoux de Del. J'ai faim.

— C'est logique, déclara Del avant de prendre une expression horrifiée. Ton oreiller n'a pas disparu, j'espère ? Tu ne l'as pas mangé au milieu de la nuit ?

— J'ai rêvé de hamburgers, pas de guimauves, répondit Blaze en ricanant. Tout le monde sait qu'on mange son oreiller qu'après avoir rêvé de guimauves.

— Oh. Au temps pour moi, dit Del en croisant le regard du loup qui se tenait au pied du lit. Bonjour, Colt.

Colt inclina le menton, son regard passant de Del à sa mère. Oui, il était assez grand pour comprendre que ce n'était pas une soirée pyjama innocente.

Stacy en était également consciente, à la manière des mères qui savent instinctivement ces choses. Tout en câlinant Ace et en écoutant la liste de tout ce qu'il avait prévu de faire dans la journée, elle fit signe à Colt d'approcher.

Il s'avança délicatement dans l'espace entre eux.

— J'aimerais que Del te donne ta leçon ce matin, lui dit-elle. Parce que je sors avec lui ce soir. D'accord ?

Colt se métamorphosa, un petit humain pâle aux yeux écarquillés.

— Vous allez sortir ensemble ?

— On peut venir ? demanda Ace. Vous retournez au bowling ?

— Vous allez devoir rester à Timberwolf Lodge, l'informa Stacy. Cette sortie est réservée aux adultes.

— C'est nul, dit Blaze avant de regarder Del d'un air boudeur. Pourquoi est-ce que tu voudrais sortir avec juste maman ? Elle ne sait même pas faire les boulets de canon.

Comment ne pas tomber de Charybde en Scylla ? Del jeta un coup d'œil à Stacy, espérant avoir une idée de la direction dans laquelle elle voulait que cela aille.

Aucune aide de ce côté. Elle avait même l'air extrêmement amusée, comme si elle était intéressée de voir ce qu'il dirait.

Del se concentra donc sur les trois paires d'yeux interrogateurs posés sur lui. Il testa des phrases dans son cerveau, et les rejeta l'une après l'autre. *Votre mère et moi voulons voir si on s'aime bien* était trop soft et faux. *Nous sommes compagnons*, c'était trop, mais dans l'autre extrême.

Autant s'en tenir à la vérité.

— J'ai l'intention de beaucoup embrasser votre mère, et ce sera sûrement ennuyeux pour vous les enfants.

Ace haussa les épaules.

— J'embrasse beaucoup maman. Regarde, dit-il en plantant un gros baiser humide et résonnant sur la joue de Stacy.

Puis il se tourna vers Del et l'embrassa également avant de descendre du lit et retourner en courant vers la chambre qu'il partageait avec Blaze.

— Je dois retrouver mes voitures.

— Hé, Del, tu sais comment un loup prend son petit déjeuner ? demanda Blaze qui n'avait pas réagi à propos du rendez-vous et qui reculait vers la porte. Il l'eng-loup-tit.

Puis, avec un rire digne d'une hyène, il se retourna et poursuivit Ace :

— Ne touche pas à mes camions.

Il n'en resta plus qu'un. Colt qui avait enroulé ses bras autour de ses petites jambes maigres, regardait attentivement sa mère.

— Oui ? dit-elle en haussant un sourcil.

Son regard passa de Del à Stacy.

— Maman, tu n'es pas un loup.

— Non, je ne le suis pas.

Elle attendit patiemment pendant que Colt cherchait les mots justes.

Bienvenue au club, songea Del. Parler de ce genre de choses était compliqué.

Colt hocha la tête, jeta un coup d'œil à Del, puis prit une profonde inspiration.

— Del m'a appris à faire confiance à mon loup. Je dois dire les choses quand mon loup me pousse à le faire. Tu n'as pas de loup, alors parfois je dois dire les choses à ta place, je pense.

— Oh, mon chéri. Tu es mon petit garçon. C'est moi qui suis responsable de toi, et non l'inverse.

Colt hocha à nouveau la tête avec détermination.

— Ce n'est pas ça. C'est juste... qu'avec lui... le père de Blaze. Il sonnait faux.

Del se raidit.

— Que veux-tu dire ?

Colt releva le menton.

— Il ne m'a pas fait de mal, ni à Blaze non plus. Mais il était faux. Du genre, faire semblant d'être quelqu'un qu'il n'était pas. Alors mon loup m'a aidé et nous ne lui avons jamais laissé voir que je pouvais me métamorphoser. Je sais que j'étais petit à l'époque, mais je m'en souviens. Mon loup m'a dit qu'on devait garder le secret, et c'est ce qu'on a fait.

Tous les trois s'étaient redressés, et malgré le soleil qui rentrait par les rideaux, un froid glacial emplissait l'air.

Stacy saisit les mains de Colt.

— Tu as raison. Porter n'était pas celui qu'il prétendait être, alors je suis très heureuse que ton loup t'ait aidé à garder le secret. Nous n'avons plus à nous inquiéter de cet homme. Mais ce qu'il a fait de bien, c'est de me donner tes frères. Ils sont exactement ceux que j'ai toujours voulu avoir, avec toi.

— Ils sont à moi, déclara fermement Colt. Ce ne sont pas des loups, mais c'est ma meute. Et toi aussi.

Il rampa sur les genoux de sa mère, un peu plus maladroitement qu'Ace, avec ses jambes longues et maigres, tel un jeune poulain.

Del ressentit une violente bouffée de fierté.

— Bon travail, petit.

Colt le fixa d'un regard plus loup qu'humain.

— Toi, tu sonnes juste. Je veux dire, mon loup dit que tu sonnes juste. Pour maman, moi, Blaze et Ace, dit-il avant de se tourner vers Stacy. Il me dit que tu avais besoin de le savoir.

Un doux soutien inattendu venant d'une source des plus inattendues.

Stacy embrassa le nez de Colt.

— Merci de me l'avoir dit. Ton loup est très intelligent.

— Il veut que nous soyons tous ensemble. C'est possible ? Pour de vrai ?

Sa mère laissa échapper un petit rire.

— Rien de tel qu'un peu de pression supplémentaire. Colt, Del m'a dit ce matin qu'on était compagnons. Mais comme, tu l'as souligné, je suis humaine, et j'ai besoin d'un peu de temps pour y réfléchir. Alors Del et moi allons sortir ensemble.

Colt fronça les sourcils.

— Mais vous êtes compagnons, comme Cassidy et Jace ?

— Oui, mais d'abord, on doit apprendre à se connaitre, compris ? dit fermement Stacy. Maintenant, va te brosser les dents et te préparer pour le petit déjeuner.

— Ne t'embête pas avec le petit déjeuner, ajouta Del. On va chasser.

— Dacodac. Mais, brosse-toi les dents avant de te régaler de ton... lapin ou autre, dit-elle en fronçant le nez.

Colt laissa échapper un petit rire alors qu'il descendait du lit.

— Tu es drôle. Tu cuisines de la viande tout le temps.

— C'est ça le mot-clé, minus : cuisiner. Maintenant, go. Del te rejoint dans une minute.

— Ne t'embête pas non plus à t'habiller. Retrouve-moi sur le porche, lui dit Del.

Colt qui se précipitait vers la porte, s'arrêta et se tourna vers eux.

— Ce n'est pas seulement mon loup, dit-il sérieusement. Je veux qu'on reste tous ensemble.

Stacy lui envoya un baiser et il disparut.

Quel baptême du feu, songea Del. Il souleva Stacy et l'embrassa passionnément, lui mordillant la lèvre jusqu'à ce qu'elle ouvre la bouche en haletant. Quand il s'arrêta, ils étaient tous deux essoufflés. Les joues de Stacy brillaient de rose.

— Belle cerise sur le gâteau, lui dit-elle.

— Les enfants ajoutent un plus à la vie, n'est-ce pas ?

Elle le regarda attentivement.

— Tu n'auras pas seulement une compagne, mais une famille.

— Je ne voudrais pas qu'il en soit autrement. Mais d'abord, apprenons à nous connaitre, d'accord ?

Le sourire de la jeune femme illumina la pièce et

soudain le froid disparut, laissant Del voir un chemin évident vers le bonheur.

~

STACY SE TENAIT sur le porche et regardait son fils et son... petit ami ou futur compagnon ?... disparaître derrière les arbres. Le nez de Colt était baissé et sa queue relevée, et c'était la chose la plus adorable qu'elle ait jamais vue.

Un enfant intelligent. Un enfant incroyable. *Mon loup a des choses à te dire.* Son cœur avait failli exploser en l'écoutant.

Ce qui signifiait qu'il était temps de se lancer, mais pas sans une carte.

Elle se précipita vers la chambre de sa sœur et frappa à la porte avec force en criant à pleins poumons :

— Stephanie. Ramène tes fesses. Vite !

Elle sortit son téléphone et envoya un message à Cassidy en continuant :

— Je suis sérieuse, Steph. Je reviens dans deux minutes avec un seau d'eau froide si tu n'es pas à la table de la cuisine d'ici là.

Elle se rendit alors dans sa suite et jeta un coup d'œil sur Ace et Blaze, mais ils étaient joyeusement occupés à construire une piste de course épique pour leurs Hot Wheels. Elle ferma la porte en silence, descendit et prépara du café. Après tout, elle n'était barbare au point d'exiger des filles une conversation sérieuse au saut du lit, sans fournir le café.

Trois minutes plus tard, une Cassidy aux yeux ensommeillés entrait dans la cuisine tandis que Stephanie, décoiffée et le pyjama rose froissé, se dirigeait en titubant vers la table.

Stacy plaça une grande tasse de café devant chacune, et une assiette de biscuits devant elle.

Sa sœur porta la tasse à ses lèvres et gémit à son odeur.

— Tu crains, mais je te pardonne grâce à la caféine.

Cassidy lui sourit, puis leva sa tasse pour saluer Stacy.

— Notre réunion d'urgence matinale est ouverte, dit-elle en louchant sur les cookies. Tu envisages de nous les distribuer en guise de récompense ?

— Tout à fait.

— Je plaisantais, protesta Cassidy.

— Moi non. C'est une réunion d'urgence, et plus vite vous avouerez tout, mieux ça sera.

Steph parut confuse, mais l'expression de Cassidy penchait du côté de la culpabilité, ce qui n'étonna pas Stacy. Elle la regarda franchement.

— Tu savais que Del et moi sommes compagnons ?

Cassidy leva un poing triomphal.

— Oui. Je suis si heureuse que...

— Des compagnons potentiels, précisa Stacy. Il n'y a rien de certain.

Son amie se figea en plein mouvement et fit une grimace.

— Ah merde, dit-elle en s'adossant au dossier de sa chaise. Pas de cookies pour moi, alors ?

— Pas de cookies pour toi.

Stacy se tourna vers sa sœur, qui essayait de comprendre ce qui venait de se passer.

— Voilà la situation, Steph. Nous sommes entourés d'une meute de métamorphes loups. Il s'avère que Cassidy a un lien magique avec Jace qui signifie désormais qu'elle est codirigeante de tout ce joyeux bordel.

— Hé, ne parle pas d'eux comme ça, se plaignit Cassidy.

— Allez, arrête ton char, l'Alpha, dit Stacy qui fit cependant un clin d'œil à son amie et lui passa un cookie.

Cassidy le leva avec un petit geste de salut tandis que Stacy poursuivait :

— Del est aussi un métamorphe loup, et les loups ont des compagnons prédestinés. Et je suis la chanceuse dont le loup de Del est tombé amoureux.

Stephanie fronça les sourcils.

— Toi et Del avez à peine commencé à sortir ensemble.

— Et on va continuer à le faire pendant un moment, mais il semble que les trucs magiques et mystiques ont encore frappé, et cette fois, c'est moi.

— Ce n'est pas si terrible, lui assura Cassidy. Je parle des compagnons prédestinés. Jace et moi aussi le sommes, et je ne me suis jamais sentie aussi bien. Un peu comme quand la foudre frappe et...

Stephanie se mit à glousser.

— Cass, tes analogies sont nulles, dit-elle avant de se tourner vers Stacy. Est-ce que ça te convient d'avoir à nouveau un homme dans ta vie ? Parce que je sais que tu as été blessée dans le passé...

— Oh, chérie, dit Stacy en prenant la main de sa sœur. J'étais triste et bouleversée quand James est mort. Et j'ai été blessée par la trahison de Porter. Mais je suis assez intelligente pour savoir qu'il n'y a rien de mal à vouloir aller de l'avant. Il n'y a rien de mal à vouloir un homme à aimer. Je vous ai toutes les deux, et je suis tellement reconnaissante pour tout ce que vous avez fait durant ces années, mais comme l'a dit Cassidy, je me sens bien avec Del.

— Alors ça va, acquiesça Steph. Donc résumons la situation : tu nous as réveillées pour nous dire que tu n'étais pas encore la compagne de Del mais que ça ne saurait tarder – et que vous allez sortir ensemble en attendant.

Nous en sommes donc au même point que quand nous nous sommes couchées.

— Oui.

Sa sœur la fusilla du regard et lui arracha l'assiette de biscuits des mains pour sélectionner le plus gros.

— C'est méchant. Ne nous réveille pas pour nous dire ce qu'on sait déjà.

Stacy éclata de rire.

— Ce n'était pas ça l'urgence. Ce soir je sors avec Del. Où est-ce qu'on pourrait bien aller, et est-ce que vous voulez bien garder les garçons ? En plus de ça, la semaine prochaine, on va présenter notre premier menu dégustation, et j'ai besoin de vous deux, ainsi que d'une liste d'invités pour jouer les cobayes. À qui devrons-nous demander ? Et j'ai besoin de votre aide pour affiner le menu parce que Sophie, Jessica et moi n'arrivons pas à nous décider.

— Bien sûr qu'on t'aidera, affirma Steph en mordant dans son biscuit.

Cassidy acquiesça également, avant de présenter ses excuses :

— Je suis désolée de ne pas t'avoir dit plus tôt pour Del et toi, mais c'était juste une possibilité. C'est pour ça que Del se comportait bizarrement devant toi, Steph. Tu sais, le fait de renifler.

Quoi ? Stacy regarda sa sœur.

— Del te reniflait ?

— Ne te mets pas la rate au court-bouillon. Il ne me reniflait pas en particulier... disons qu'il reniflait... littéralement. Partout.

Elle fit une imitation d'un chien de chasse en contournant le coin de la table, et fourra son nez dans les cheveux de Stacy pour la renifler plusieurs fois.

Stacy éclata de rire et la repoussa.

— Arrête. C'est impoli.

— C'est ce que j'ai dit, rétorqua Steph en levant le poing. Allez, au boulot ! Triple Power, activé.

— Zippy, dit Cassidy.

— Zappity, ajouta Stephanie avec un sourire.

— Zoom.

Poing serré et prête à passer à l'action, Stacy regarda ses amies et se sentit pleinement heureuse pour la première fois depuis longtemps. Elle avait un endroit où elle se sentait utile. Ses enfants étaient en sécurité et grandissaient entourés d'amour. Et elle avait un homme qui savait la soutenir quand elle en avait besoin.

Il était temps d'épater le loup de Del.

16

Dans le cottage de Jace, Del ajusta son col. Il aimait ses costumes élégants et la sensation qu'il ressentait en les portant. Il avait conscience d'être séduisant ainsi vêtu, mais bien qu'il veuille être élégant pour son rendez-vous avec Stacy, quelque chose n'allait pas.

— Est-ce que j'ai raison de faire ça alors que nous ne sommes toujours pas sûrs d'être en sécurité ? demanda Del. Et l'inconnu qui a posé des questions sur Stacy ? Et le mot qu'elle a trouvé dans son tiroir ? Et la drogue ?

Jace poussa un soupir.

— J'ai passé Jasper au peigne fin. Entre mon flair, le tien et celui de Blue, nous n'avons trouvé aucune trace de drogue nulle part.

— Mais on l'a sentie.

— Oui, mais celui qui l'a achetée ne l'a fait qu'une fois, et maintenant, soit il est loin de la ville, soit il fait très attention. On doit attendre qu'il finisse par faire une bêtise en espérant que ce soit pour bientôt.

Jace afficha un sourire diabolique avant de poursuivre :

— Personne ne peut toucher à ce truc sans se mettre à

avoir la folie des grandeurs. Il finira par s'en prendra à la mauvaise personne, et on saura alors qui a les chevilles qui enflent.

— En plus, tu as dit que la meute de Toronto a retrouvé Dwight et qu'ils le surveillaient. Il est chez lui et ne bouge pas pour le moment. Alors n'y pense pas, ajouta Blue qui passait en revue les cravates posées sur le lit avant de faire la grimace. Tu as un goût horrible en matière de vêtements, mec. Tout est bleu ou noir. Ou bleu et noir.

— Je sais, dit Del avec une tristesse feinte en prenant une des cravates. Nous ne pouvons pas tous briller comme des étoiles fluo.

— Tu te moques de moi ? rétorqua Blue en le regardant attentivement avant de se tourner vers Jace. Il se moque de moi ?

— Non, il est tout à fait sérieux, répondit Jace. Pourquoi es-tu si inquiet, Del ? Tu sais que Stacy est déjà pratiquement amoureuse de toi.

— Je ne suis pas vraiment inquiet. C'est juste que je veux que ça se passe bien. Elle mérite de se sentir précieuse, et je veux lui faire oublier les moments tristes qu'elle a vécus dans le passé.

Il tapota sa cravate pour la lisser, puis jeta un coup d'œil à Jace et Blue qui s'étaient tous les deux tus.

— Quoi ? C'est trop fleur bleue pour vous ?

Blue s'avança, toute trace de désinvolture disparue. Il resta là un moment puis hocha la tête.

— D'accord. Tu me plais à nouveau.

— Parce que le monde tourne autour de Blue, bien sûr, ironisa Jace.

— Mais oui, déclara Blue, une main pressée contre sa poitrine.

Il se pencha alors vers Jace et continua d'un ton sinistre :

— N'as-tu pas entendu parler de la malédiction du loup Omega ? Je t'assure que tu ne voudrais pas t'y frotter, mon cher cousin.

— Tu es tellement insupportable, marmonna Jace avant de s'adresser à Del. Et toi, respire profondément et détends-toi. On s'occupe de tout.

— Oh, attendez. J'ai un cadeau. Parce qu'Omega magique, et patati et patata.

Blue sortit une petite enceinte Bluetooth de sa poche et la donna à Del.

— Tu pourras me remercier plus tard. Je t'ai envoyé une playlist par e-mail. Télécharge-la tout de suite pour l'avoir quand tu veux.

— Merci.

Le petit bourgeon de bonheur en Del tendait enfin vers quelque chose de plus tangible et prêt à fleurir pleinement.

Il pianota sur son téléphone tout en marchant jusqu'au Lodge, et s'arrêta le temps de laisser la technologie faire son travail. De là il admira toutes les améliorations qui avaient été apportées durant les dernières semaines. La douzaine de cottages étaient tous restaurés et nettoyés, avec de nouveaux toits et des gouttières solides. Le Lodge lui-même avait été lavé au jet à haute pression, et les vieilles poutres en rondins brillaient d'un ton miel-doré qui reflétait la lumière du soleil.

La pelouse était parfaitement tondue, avec un coin braséro et des chaises longues. Sur le quai, au-dessus de l'eau, se trouvaient une petite table et un parasol, ce qui semblait insolite. Joli, mais étrange.

— Bonjour, inconnu.

Stacy se tenait sur le porche arrière, les yeux brillants de bonheur. Elle portait une robe d'été verte à pois jaunes. Lumineuse, mais pas aveuglante comme les tenues habituelles de Blue. Juste... jolie.

Del lui tendit les fleurs achetées en ville.

— Bonjour, inconnue. Waouh. Tu es superbe.

Elle prit les fleurs et fit une révérence.

— Merci.

Il la suivit à l'intérieur, impatient de lui voler un baiser.

Les trois garçons étaient alignés, le regard fixé sur lui. Del se figea.

— Ne t'inquiète pas, lui assura Stacy en plaçant les fleurs dans un vase. Ils ne viennent pas avec nous. Ils voulaient te dire bonjour.

— Salut les gars, dit Del en faisant un signe de la main à Colt et en ébouriffant les cheveux d'Ace. Blaze, quelle est la période de l'année préférée des loups ?

Les yeux de Blaze se mirent à briller.

— Je ne sais pas.

— Aaaa-ouuut.

Les trois n'auraient pas été plus enthousiastes devant un numéro de Broadway. Ils rirent tous avec une joie enfantine tandis qu'ils l'entouraient et le serraient fort dans leurs bras.

— Bon, il faut y aller, leur dit Stacy. Faites-moi un dernier bisou, et ensuite vous serez sages avec vos tantes.

Ils l'embrassèrent, et Ace embrassa également Del. Puis ils coururent dans les escaliers en faisant autant de bruit qu'un troupeau de poneys sauvages.

Stacy prit Del par la main et le conduisit vers la porte arrière.

— Et maintenant, place à nous.

Ils marchèrent main dans la main sur la pelouse, réchauffés par la chaleur estivale.

— Tu ne m'as pas dit où nous allions, lui dit Del.

— C'est une surprise.

Elle le conduisit jusqu'au bout du quai où trônait une majestueuse table. Le parasol au-dessus était incliné de sorte à faire de l'ombre tout en leur laissant une vue dégagée sur la montagne et le lac. Elle lui tira une chaise.

— Surprise.

Del rit, enchanté.

— C'est parfait, même si je suis peut-être trop habillé pour ce restaurant.

— Tu es magnifique, lui dit-elle alors qu'il s'asseyait.

Stacy s'approcha et déposa un baiser sur sa joue.

— Tu es un homme séduisant, Del. Je veux dire, un métamorphe séduisant, parce que ton loup aussi est très séduisant.

Il se sentit rougir tandis que son loup se laissait aller au compliment.

Elle était assise en face de lui, et il ne pouvait détourner le regard.

— Je vais peut-être avoir du mal à manger. Tu me coupes le souffle.

— J'espère que tu pourras quand même manger un peu. Tu dois garder des forces, dit-elle, malicieuse.

Elle désigna alors la glacière à droite de la table.

— Il y a du vin là-dedans, si tu veux bien nous servir.

Del trouva une bouteille de pinot gris bien fraîche et l'ouvrit afin de les servir. Pendant ce temps, Stacy avait placé une petite assiette devant chacun, avec une troisième au milieu de la table.

De petites portions de quiche et de saumon fumé étaient disposées de façon esthétique, et en sentant les parfums de viande et de fromage, il en eut l'eau à la bouche.

— C'est presque trop beau pour être mangé.

Stacy prit une fraise trempée dans du chocolat.

— Presque, mais j'espère que tu ne pourras pas résister à l'envie d'y goûter.

— Compte sur moi là-dessus.

Ils se regardèrent, amusés.

— Je parlais de la nourriture.

— Ah bon ? fit Del en souriant avant de changer de sujet. Parle-moi de ta famille. Je veux en savoir plus.

Assis sous le parasol, ils discutèrent de famille, d'amis, d'études et de loisirs. Il ne voulait pas que cette soirée se termine alors qu'elle parlait d'elle, des petites choses qui la motivaient et des espoirs qu'elle nourrissait pour l'avenir. Ils partagèrent une magie d'un tout autre genre tandis que Stacy continuait à sortir de délicieux plats du chariot à côté d'eux. Ils discutèrent durant des heures jusqu'à ce que le soleil dérive lentement vers les montagnes.

Lorsque le dernier plat fut terminé et que Stacy se leva et le prit par la main, Del était heureux du plus profond de son âme.

Ils passèrent devant le banc qui avait été le témoin de leur rêve érotique commun – bon sang, était-ce la nuit dernière ? Les lèvres de Stacy se retroussèrent et ses joues rougirent.

— Tu ne veux pas t'asseoir et *parler* un moment ? la taquina Del.

— On a pourtant établi que parler et batifoler sont deux choses différentes. Mais je veux regarder le coucher de soleil, dit-elle en désignant la pente herbeuse qui descendait vers le lac.

Ils s'assirent côte à côte, main dans la main, silencieux cette fois. Les rires lointains des garçons leur parvinrent, faisant sourire Del. Cette soirée n'était pas consacrée aux enfants, mais chacun des fils de Stacy avait sa place dans le tableau. Impossible d'échapper à cette réalité.

Il était presque 21 heures quand Stacy leva la tête de l'épaule de Del et l'aida à se relever.

— Notre rendez-vous n'est pas terminé. Viens avec moi.

Il devait faire preuve de patience et attendre la suite, mais il était trop curieux.

— Est-ce que tu m'emmènes à la maison avec toi, douce Stacy ? Est-ce qu'on va encore dormir chez toi ?

— Non, dit-elle avant d'ajouter rapidement pour qu'il ne soit pas déçu : et oui.

Elle le guida vers le porche du cottage le plus éloigné.

— Nous aurons encore beaucoup de matinées où les enfants seront debout avant nous, et ils sont encore trop jeunes pour que je m'enferme dans ma chambre, dit-elle en prenant le visage de Del et le regardant droit dans les yeux. Mais cette nuit, je veux la passer avec toi et uniquement toi. Et la seule façon d'y arriver, c'est de ne pas être sous le même toit qu'eux.

Elle poussa la porte du cottage.

STACY S'ÉTAIT DONNÉ du mal pour préparer le repas, mais c'était une tâche à présent naturelle pour elle. En revanche, elle avait passé des heures à préparer la pièce avant que sa sœur ne la fasse sortir.

Cela faisait longtemps que la jeune femme n'avait pas pris d'initiative en amour, et elle n'allait pas réfléchir aux raisons qui la poussaient à le faire ce soir. Ce soir, il fallait se projeter dans l'avenir.

Non. Ce soir, il ne s'agissait que de ce soir. Être actrice, ici, avec Del.

En entrant dans la pièce, elle jeta un rapide regard aux dizaines de lumières scintillantes. Les bougies batterie dansaient comme des lucioles, se reflétant sur les murs dorés et la couette jaune qu'elle avait prise dans sa chambre pour orner le matelas Queen Size.

Un bref instant pour s'assurer que ses préparatifs n'avaient pas disparu pendant son absence, puis elle se tourna vers Del.

Est-ce qu'il évaluerait tout cela avec sa franchise habituelle ? Est-ce qu'il sourirait au charme qu'elle avait essayé d'instiller ?

Mais toute son attention était fixée sur elle tandis qu'il la regardait avec douceur et affection.

— Merci d'avoir apporté la couette.

— Tu as fait un tel tableau de cette couette qu'il était impossible de ne pas l'apporter, répondit-elle avant de murmurer : Del ?

— Oui chérie ?

— Tu veux bien me faire l'amour ? demanda-t-elle dans un sourire.

— Absolument. Mais d'abord...

Il posa son téléphone et le haut-parleur Bluetooth sur la commode à côté des bougies, et un instant plus tard, une douce musique de guitare emplit la pièce, accompagnée de bruits de cascade et autres sons de la nature. Un mélange musical parfait entre l'art produit par l'homme et ce que la nature savait nous offrir de mieux.

Puis il la prit dans ses bras et les fit tournoyer, la guidant si habilement que Stacy ne s'inquiéta même pas de lui marcher sur les pieds.

— Pourquoi ne suis-je pas surprise que tu saches danser ?

— Je ne fais pas que danser : j'aime danser, lui dit-il.

Ses doigts dans son dos s'écartèrent pour la rapprocher et la réchauffer doucement de l'intérieur. Elle effleura sa joue de la sienne, habituée à présent au doux frottement de sa barbe.

Ils dansèrent jusqu'à ce que les rayons de soleil se changent en rouge et orange. Puis Del prit son visage dans ses mains et l'embrassa, lentement et doucement. Une caresse chuchotée qui la fit frissonner, remplaçant la douceur par un désir ardent et impérieux.

Stacy repoussa la veste de Del de ses épaules, et posa ses doigts impatients sur ses boutons pendant qu'il jurait et tirait sur sa cravate pour la desserrer. Puis leurs rires remplirent la pièce alors qu'elle repoussait ses mains et défaisait le nœud qu'il avait créé dans sa hâte. Del baissa la fermeture Éclair de Stacy pour faire glisser sa robe d'été le long de son corps.

Elle était en sous-vêtements, et lui... nu.

Seigneur, quel corps d'Apollon.

— Tu es comme une statue d'Adonis vivante, dit-elle en posant sa paume sur son torse.

Elle sentit son cœur battre sous ses doigts, et le caressa doucement de ses ongles, savourant ses gémissements.

— Vivant, respirant, et capable de bouger, ajouta-t-il en traçant avec sa bouche un chemin le long de son soutien-gorge qui soudain disparut, comme par magie.

Il était maintenant libre de l'embrasser sur sa peau, à l'endroit où son pouls pulsait, puis sur son mamelon.

Stacy prit la tête de Del entre ses mains, savourant la sensation qui montait en elle.

Un instant plus tard, elle était dans les airs, portée jusqu'au lit et posée sur la jolie couette jaune, comme un objet fragile. Il s'avança sur elle, tel un prédateur avec sa proie, le regard brûlant alors qu'il inspirait profondément et souriait de satisfaction.

— Tu es excitée. Tu me veux. Tu nous veux.

— Oui, dit-elle en attirant ses lèvres vers les siennes.

Ils s'embrassèrent tandis qu'il explorait son corps de ses mains, la taquinant et la caressant.

Il glissa ses doigts sous sa culotte et effleura ses boucles avant de caresser délicatement son clitoris comme s'il découvrait un trésor inestimable. Puis, ses caresses se firent plus fermes, tout comme ses baisers plus exigeants et possessifs.

Stacy haleta tandis qu'il la pénétrait de ses doigts, le pouce continuant à travailler ce rythme sensuel sur son clitoris.

— Del. Je te veux.

— Tu m'as, murmura-t-il en lui mordillant la lèvre, puis l'oreille.

Il la caressa plus en profondeur, et elle se cambra contre sa main.

— Je veux plus. Je veux ta queue.

Les lèvres de Del se retroussèrent contre les siennes.

— Voyez-vous ça ?

Elle ne put s'empêcher de rire doucement avec lui, car c'était amusant d'être au lit ensemble. Apprendre à s'entendre, apprendre à faire en sorte que cela soit bien pour tous les deux.

— Tu veux que je te dise des trucs cochons ? C'est ça ton truc ?

— Mon truc, c'est de savoir ce que tu veux, alors dire que tu as besoin de ma queue, c'est très bien. Mon truc, c'est tes mains sur mon corps, qui me touchent, dit Del. Je me charge des propos cochons.

Un frisson la parcourut. Il se redressa brusquement et lui arracha sa culotte avant de poser sa bouche sur son sexe. Ses doigts étaient de retour un instant plus tard, stimulant des endroits qui changèrent ses tripes en une bombe à retardement de plaisir. Elle essaya de le toucher également, les pieds sur son dos et les mains dans ses cheveux.

— Del. Je ne vais pas tenir.

— Jouis sur ma langue. Je te referai jouir, promit-il.

Elle secoua la tête.

— Non, maintenant. En moi, maintenant.

Bien qu'étant de nature têtue, il ne fut pas insensible au désespoir dans sa voix. Del était au-dessus d'elle maintenant, positionné entre ses cuisses. Son sexe poussa en elle tandis qu'il entrelaçait leurs doigts et pressait les mains de Stacy sur le matelas de chaque côté de sa tête.

Clouée au lit, et immobilisée contre lui, Stacy savoura le sentiment de puissance au-dessus d'elle. Elle regarda Del dans les yeux alors qu'il ondulait ses hanches et les liait intimement, avec douceur.

C'était si bon. Elle se sentait si... remplie. Stacy fit une légère grimace ; l'homme était imposant.

— Laisse-moi une seconde ou deux, murmura-t-elle.

Le sourire de Del éclata comme le soleil du matin.

— Tu fais du bien à mon ego. Je m'occupe de toi. Détends-toi.

Il bougea si lentement qu'elle le sentit à peine, jusqu'à ce qu'il ne soit plus en elle. Le mouvement en sens inverse prit tout autant de temps, et fut une torture des plus agréables. Puis il recommença, tandis que Stacy fixait son visage et y voyait plus que du plaisir physique.

Ses coups de reins renforcés et son rythme régulier firent monter Stacy vers les cimes du plaisir. Elle enroula ses jambes autour de lui et s'accrocha de toutes ses forces.

— Del, oui, plus fort.

Il lui serra les mains et accéléra le rythme, jusqu'à ce qu'ils jouissent ensemble. Les petites décharges électriques dans son ventre dansèrent sur sa peau comme de minuscules baisers et de grands éclairs retentissants. Del gémit, et baissa la tête pour l'embrasser à nouveau. Ses hanches remuaient sans qu'il puisse l'empêcher alors qu'il se laissait aller à son orgasme, un véritable feu d'artifice se déroulant juste là, dans la chambre.

Lorsqu'ils se retrouvèrent allongés côte à côte sur le lit, leurs membres étaient toujours emmêlés et leurs respirations haletantes mélangées, Stacy lui caressa le front.

— J'ai bien aimé.

— Moi aussi.

— J'aime ta queue, dit-elle en souriant.

Del éclata de rire et la fit rouler sur lui.

— J'aime que tu aimes ma queue, dit-il en repoussant une mèche derrière son oreille. À quelle heure est ton couvre-feu ? Je dois savoir quand je dois te ramener en douce pour pouvoir planifier le moment où on pourra recommencer.

— Je dois être dans la cuisine à 8 heures du matin.

— Alléluia, murmura-t-il en remuant les sourcils et prenant un faux air diabolique. Une douche maintenant ou tu préfères que j'abuse à nouveau de toi ?

— Que tu abuses de moi sous la douche ?

Il hocha la tête comme si c'était la suggestion la plus brillante au monde.

17

*S*tacy se surprit à siffloter dans la cuisine, et s'arrêta aussitôt avec un air coupable par peur qu'une des filles lui fasse une réflexion. Une de plus.

Cela faisait presque une semaine depuis le rendez-vous, et depuis, Del et elle avaient continué à passer du temps ensemble, avec ou sans les garçons. Ils avaient également trouvé du temps pour s'isoler, et visiblement prendre son pied faisait siffler Stacy. Rien que de penser aux moments doux...

Voilà qu'elle se remettait à siffler.

Elle jeta un coup d'œil à Sophie et ses espoirs s'évanouirent. La jeune femme était concentrée à découper des pâtes fraîches sur le plan de travail, mais son sourire narquois en disait long.

— Je ne peux pas m'en empêcher, se plaignit Stacy en s'approchant de Sophie pour examiner son travail. Je suis heureuse.

— Tu es heureuse, acquiesça Sophie avant de ricaner d'une manière fort peu distinguée. Oh désolée, mais tu as été heureuse au moins deux fois ce matin.

Jessica, de l'autre côté de la pièce, émit un son choqué.

— Sophie, c'est vraiment impoli.

— Je sais, dit Sophie qui en pleurait presque de rire. Mais il faut que quelqu'un le lui dise.

— Me dire quoi ? demanda Stacy en croisant les bras sur sa poitrine avec un regard sévère. Me dire quoi ?

Jessica prit le saladier de poulet qu'elle avait fini de désosser, et alla le ranger dans le réfrigérateur, avant de s'approcher bravement de Stacy.

— Nous sommes des loups. Ce qui veut dire que...

Elle jeta un coup d'œil à Sophie comme pour lui demander de l'aide. Mais celle-ci lui fit signe de continuer.

Jessica croisa le regard de Stacy et se lança :

— Les odeurs sont puissantes pour nous. Certaines sont plus fortes que d'autres. Par exemple, chaque fois que tu regardes Del par la fenêtre, on le sait parce que ton odeur change.

Sophie pointa sa tête par-dessus l'épaule de Jessica comme si sa cachette la rendait courageuse.

— Et on le sait quand vous faites l'amour. Tu dois être épuisée par tous ces orgasmes et...

Stacy posa ses mains sur ses joues brûlantes.

— Ça suffit. Je sais que j'ai posé la question, mais arrêtons cette conversation, d'accord ?

— Les loups savent toujours, dit Sophie sans se départir de son sourire radieux. En général on ne dit rien par politesse, mais tu es si mignonne que je n'ai pas pu m'en empêcher.

Manifestement, poser des questions directes au loups n'était jamais une bonne idée.

— Je ne suis pas en colère et je ne suis pas vraiment gênée. Enfin, pas trop gênée.

Elle croisa le regard de Jessica avant d'avouer :

— D'accord, je suis mortifiée, mais je suis également heureuse d'être épanouie sexuellement, donc tout va bien finalement.

— Bien sûr, confirma Jessica en souriant joyeusement.

Stacy prit une profonde inspiration et poursuivit :

— Vous savez que j'ai beaucoup de choses à apprendre, donc merci de me prévenir. Et si je passe à côté de quelque chose d'important à propos des loups ou que je gaffe, il faut me le dire, d'accord ? Promis ?

Les jeunes femmes étaient maintenant côte à côte, et la regardaient attentivement.

— Tu es sûre ? demanda Sophie.

— J'en suis certaine. Nous avons fait beaucoup de chemin en peu de temps, et je vous fais entièrement confiance.

Semblables à des crocus s'épanouissant en plein soleil, les deux jeunes femmes sourirent de plus belle.

Sauf que la joie de Jessica ne dura qu'un court instant avant de s'effacer, comme si une main l'avait fait disparaitre, ne laissant plus que la terreur.

Elle pressa une main contre sa bouche, et se retourna pour sortir précipitamment de la pièce.

Stacy et Sophie se regardèrent, choquées.

— Est-ce que j'ai...

Sophie secoua la tête et courut vers la porte.

— Ça n'a rien à voir avec ce qu'on disait. Laisse-moi aller voir ce qui ne va pas.

Depuis le porche, Stacy observait la conversation qui se déroulait au bord de l'eau, là où Jessica s'était retirée. Sophie lui tenait la main et parlait avec sérieux.

— Des problèmes dans la cuisine ? demanda Marvin en s'approchant, les bras croisés sur son torse.

Daisy qui le suivait en faisant rebondir joyeusement

une balle, dit bonjour avant de continuer à chanter et à jouer.

— Rien de grave, répondit prudemment Stacy même si elle n'avait rien compris à ce qui s'était passé.

Elle jeta un coup d'œil derrière Marvin.

— Où sont les garçons ?

Il indiqua le lac où trois canoës se préparaient à s'élancer sur la surface miroitante.

— Les garçons sont là. Daisy ne voulait pas aller sur l'eau, et je suis plus un nageur qu'un pagayeur.

— Nageur ou pataugeur ?

Marvin lui fit un clin d'œil, et fit semblant de barboter comme un chien. Puis il tourna à nouveau son regard vers les assistantes de Stacy.

— Elles ont presque réussi à régler le problème.

— Tu peux le voir d'ici ?

Elle fut tentée de lui demander s'il savait aussi quel était le problème, mais se ravisa, par respect pour la vie privée de Jessica.

— Bien sûr. Tout est dans le langage corporel, dit-il avant de prendre une profonde inspiration. Tu t'intègres bien à la meute ?

— Il semblerait que oui.

— Bien. Ils ont besoin de ta touche personnelle. Tu comprends que le pouvoir n'est pas qu'une question de *pouvoir*.

Marvin indiqua Sophie, qui avait passé son bras autour d'une Jessica en pleurs.

— Les calmes, ceux qui ont un pouvoir apaisant, peuvent abattre des montagnes.

— Comme l'eau qui taille lentement la roche ?

— Ou parfois pas si lentement, dit Marvin en haussant les épaules. La meute apprend, donc je suis content, mais ce n'est pas toujours facile d'être le métamorphe le plus intelligent du coin. Pourtant j'ai bon espoir que ce groupe finisse par y arriver.

— Avec ton aide, je suis sûre qu'ils y parviendront, dit-elle joyeusement.

Marvin ricana.

— Tu vois, tu es si douce et flatteuse que je fais attention à mes manières, parce que tu es probablement la chose la plus mignonne que j'aie jamais vue.

Soulagée, elle vit Jessica et Sophie revenir au Lodge. Jessica ne pleurait plus mais gardait la tête haute.

— Probablement la chose la plus mignonne ? Je suis déçue, dit Stacy en battant des cils.

Marvin laissa échapper un éclat de rire.

— Arrête de flirter. Tu es déjà prise et j'ai quelqu'un en vue.

Oh, c'était intéressant.

— Dis-moi de qui tu es amoureux. Je ne le répéterai pas, promit-elle.

Daisy courut vers lui et lui tendit son ballon.

— Viens jouer, ordonna-t-elle avant de réfléchir et d'ajouter : s'il te plaît.

— Bien sûr, ma puce.

Marvin accepta le ballon et désigna les jeunes femmes d'un signe de la tête.

— On a besoin de toi là-bas.

Stacy qui était déjà en train de rejoindre ses amies, ne pur s'empêcher de le taquiner une dernière fois :

— Je trouverai, Marvin. Attends un peu.

Dans la cuisine, Jessica s'essuyait le visage et Sophie était retournée à sa pâtes. Stacy entra discrètement et se dirigea vers Jessica qui se raidit.

— Je vais bien. Sophie m'a aidée et tu n'as rien fait de

mal. Sache que je suis très reconnaissante de pouvoir travailler ici et que je ne trahirai jamais ta confiance, termina-t-elle d'une voix tremblante.

Stacy la prit dans ses bras.

— Je suis contente de l'entendre.

Jessica la serra violemment avant de la repousser, l'expression déterminée.

— J'ai aussi une faveur à te demander. Si tu es d'accord, est-ce que je peux rester dans l'un des cottages pendant les prochains jours ? Ils font des travaux de plomberie chez moi, et je ne peux pas vivre sans eau.

— Bien sûr que tu peux, lui assura Stacy. Je vais te chercher la clef d'un des cottages, dit Stacy en caressant l'épaule de la femme.

Des tests de puissance, hein ? Elle en apprenait tous les jours avec les loups.

DEL qui se tenait devant le lac en compagnie de Jace, Blue et les garçons, regarda les trois canoës en inspirant profondément, heureux de ce bel après-midi.

— Je veux pagayer avec Del, s'écrièrent trois voix à l'unisson.

Bien que formidable pour son ego, Del passa instantanément en mode solution.

— Mais je veux pagayer avec Jace.

— En rêve, dit Jace en ricanant.

— Mais tu as besoin d'aide, rétorqua Del en se tournant vers les garçons pour ajouter d'un ton bas : Jace a du mal à diriger son canoë. Il pourrait rester coincé au milieu du lac s'il n'est pas aidé par un très bon pagayeur.

— Colt est le meilleur pagayeur, murmura Ace si fort qu'on l'entendit sûrement jusqu'au Lodge.

— C'est une faveur de te le demander, dit Del à Colt en indiquant Jace.

Colt savait ce qui se passait, mais complice, il adressa un clin d'œil discret à Del, et fit signe à Jace.

— Est-ce que je peux monter avec toi ?

— Avec plaisir, dit Jace en désignant le canoë rouge. C'est le nôtre. Viens.

— Regarde, il y a un canoë arc-en-ciel, cria Ace.

— Je veux monter dans le canoë arc-en-ciel, cria Blaze encore plus fort.

— Il est à moi, dit Blue sèchement en regardant Del. Merde, tu es doué.

— Hé, monsieur Blue, dit Blaze en se précipitant à ses côtés. Tu as dit merde. Tu sais comment on appelle un loup qui dit des gros mots ?

Blue saisit les pagaies et en tendit une à Blaze.

— Non.

— Un loup m-aouuuh-élevé, répondit Blaze qui poussait la proue du canoë dans l'eau tandis que Blue levait les yeux au ciel.

Ace tira sur le short de Del, qui le prit dans ses bras.

— Je vais pagayer avec toi, annonça Ace d'un ton très satisfait.

—Je vois ça. Tu es un petit malin de savoir que Blaze aime les arcs-en-ciel, répondit Del.

Ils étaient à peine partis que le petit s'agrippa aux plats-bords de la barque et se tourna vers le deuxième canoë.

— Blue, pourquoi est-ce que le loup traverse la route ?

— Non ! C'est moi qui raconte les blagues de loups, se plaignit Blaze en frappant sa pagaie sur l'eau et éclaboussant tout le monde. Oups.

— Del a raconté une blague de loups l'autre jour, fit remarquer Colt.

— Oui. Et c'était une bonne blague, en plus, reconnut Blaze en fronçant le nez.

— Peut-être qu'on devrait tous raconter une blague sur les loups aujourd'hui ? suggéra Blue.

Après avoir réfléchi un peu, Blaze hocha la tête.

— D'accord.

— Bien, parce que si je fais un jeu de mots sur les loups, ce sera Aouuh-larant, dit Blue en prenant une pose de bodybuilder, avant de faire une petite révérence.

Voyant que les trois petits garçons le fixaient avec confusion, il tenta à nouveau :

— Aouuh-larant. Vous comprenez ?

Blaze renifla, visiblement déçu mais il ne voulait pas blesser Blue.

— C'était vraiment bien, monsieur Blue. Monsieur Jace, à toi.

Les canoës étaient maintenant côte à côte, glissant devant le Lodge. Jace s'éclaircit la voix.

— Quel est mon légume vert préféré ?

— C'est une blague sur les loups je te rappelle, dit Blue de mauvaise humeur après le flop de sa blague.

— Je suis un loup, non ? Vous savez ce que j'aime ? Des aouuh-rtichauds.

Tous ricanèrent.

— C'est mon tour, dit Colt. Blaze et Ace, toc, toc !

— Qui est là ? répondirent ses frères.

— Aouuuh, dit Colt, les yeux brillants.

— Aouh qui ?

— Aouuhvre la porte pour le savoir !

Blaze se tapa sur le ventre en riant, et Ace se mit à faire

des bonds si forts que Del dut pagayer pour les maintenir en équilibre.

— Ace, finis ta blague. Pourquoi est-ce que le loup traverse la route ? demanda Del.

— Il poursuivait une poule ! s'écria le garçonnet en sautillant et en riant de sa propre blague. À ton tour, monsieur Del.

Tout à sa joie de ce jeu de blagues sur les loups, Ace en avait totalement oublié le canyoning.

— À ton tour, monsieur Del.

— Il va falloir que j'en trouve une bonne. Voyons voir...

Del tenta d'éloigner leur canoë de celui aux couleurs de l'arc-en-ciel, mais Blaze semblait déterminé à les coller.

— Quel animal est gris, a quatre pattes, hurle à la lune... et mange du ciment ?

Ace ouvrit la bouche puis fronça les sourcils à la fin de la question.

— C'est un loup, mais ils ne mangent pas de ciment.

Jace ricanait déjà.

— J'ai pigé. C'est un loup, Ace. Del rajouté le ciment pour faire un loup-*pas mou*.

Des rires fusèrent. Blue plongea sa pagaie pour éclabousser Del, mais Blaze décida de faire la même chose au même moment, et leur canoë chavira instantanément.

Comme s'il regardait un film au ralenti, Del vit la catastrophe se dérouler dans le moindre détail. Blue saisit Blaze, qui saisit l'objet le plus proche, autrement, dit : le canoë de Del. Ce dernier tenta de déplacer son poids dans l'autre sens, mais il bascula sur le canoë de Jace, qui chavira instantanément.

Quelques instants plus tard, cinq têtes flottaient au-dessus de l'eau tandis que Del cherchait frénétiquement la sixième.

Ace, le seul à être encore dans un canoë en position verticale, leva la tête par-dessus le plat-bord, les yeux écarquillés tandis qu'il examinait le chaos qui l'entourait.

— On va nager ou faire du canoë ?

— Un peu des deux, proposa Jace.

— Attendez-moi alors.

Le gamin se jeta par-dessus le bord et émergea un instant plus tard comme un coq, son gilet de sauvetage tenant sa tête bien au-dessus de l'eau.

— Je suis prêt, s'écria-t-il.

— Dernière blague, dit Blaze, accroché à son canoë. Qu'est-ce qui arrive à un loup qui tombe dans le lac ?

— Aucune idée, dit Blue en jetant les objets flottants qui lui tombaient sous la main dans le seul canoë qui n'avait pas chaviré. Qu'est-ce qui lui arrive ?

— Il est m*aouh*illé, annonça Blaze en riant. Pardon tout le monde.

— Ce n'est pas grave. On est loup-ssivé, tu te souviens ? dit Del en lui faisant un clin d'œil. Changement de plan. Prochaine leçon : comment remonter après avoir chaviré.

Les rires et éclaboussures fusèrent, et même si ce n'était pas l'aventure qu'ils avaient prévue, c'était quand même une aventure. Del prit une autre grande inspiration et s'imprégna de tout cela.

18

— *S*tephanie, tu es une déesse.

La salle à manger avait été complètement transformée. Stacy se tenait dans l'embrasure de la porte, les mains pressées sur ses joues, et s'imprégnait de la magie du moment.

Del ne savait plus dans quelle direction regarder. La magnifique décoration ou le visage joyeux de Stacy ?

Pour l'événement inaugural du « Menu du Chef Timberwolf Lodge », on avait décidé de faire en sorte que Stacy puisse à la fois cuisiner et voir les réactions de ses hôtes. Au lieu de les isoler, ses assistantes et elle, de la salle à manger, on avait ouvert en grand les portes coulissantes entre l'espace cuisine et ce qui aurait pu être une salle de bal. Ici, le plafond était orné de poutres en bois, et la longue rangée de fenêtres donnant sur le lac était bordée de LED scintillantes.

Une longue table de style campagnard s'étendait sur toute la longueur de la salle avec des chaises de chaque côté. Il était prévu de servir à la fois des plats à l'assiette et des plats de partage. Et pendant tout ce temps, Stacy, Sophie et Jessica pouvaient observer les réactions.

Blue, qui avait proposé de s'occuper des garçons, les avait emmenés près de leur cabane dans les arbres où ils se faisaient rôtir des hot-dogs. Ici, au Lodge, Del attendait avec impatience un merveilleux repas avec de bons compagnons de meute. Il espérait qu'après le repas, Stacy accepterait de s'évader avec lui le temps d'un week-end, et peut-être lui dire qu'elle l'aimait. Elle avait été si occupée à préparer cette soirée qu'elle méritait un peu de repos et de détente.

Une heure plus tard, tous convinrent que même si quelques détails devaient être réglés, – comme davantage de personnel pour aider au service – la cuisine était parfaite.

Les chanceux invités à ce repas, partageaient leur temps entre gémissements de plaisir et exclamations émerveillées devant les jolies présentations.

Il y avait là Angie, deux femmes célibataires appartenant à la meute ainsi que quatre couples d'âge mûr qui semblaient ravis d'être là et qui, selon Sophie, pourraient par le bouche-à-oreille encourager les personnes de la meute à venir. Jace, Cassidy, Stephanie et Marvin complétaient la table.

Et il y avait bien sûr Del, empli de fierté alors que la soirée se poursuivait et que le génie culinaire de sa compagne devenait de plus en plus évident.

Après le plat principal, les assistantes débarrassèrent les assiettes et Stacy s'avança vers la table. Angie lui adressa des félicitations enthousiastes.

— Chérie, continue de cuisiner comme ça, et les gens viendront de toute la région pour avoir une place à ta table, déclara-t-elle.

— Je suis d'accord, renchérit M. Holmes en lui souriant.

Je n'ai jamais mangé de meilleur porc, et croyez-moi, j'en ai goûté dans ma vie.

Il tapota son gros ventre et rigola avec les membres de la meute qui l'entouraient.

Derrière lui, la porte d'entrée s'ouvrit brutalement en claquant contre le mur, comme d'habitude.

Del ne sursauta pas, sachant que Blue devait revenir avec les garçons, mais Cassidy et les autres firent un bond.

Cassidy serra les lèvres car crier son habituel : *vous vous croyez dans une écurie ou quoi ?* n'aurait pas été approprié pour le moment.

— Il faut faire quelque chose avec cette porte, dit-elle à Jace d'un ton guindé. Le contraire de la graisser. Quelque chose pour qu'elle ne s'ouvre pas aussi facilement.

Clara Holmes éclata de rire avant de montrer du doigt le hall d'entrée.

— Oh mon Dieu. Soit Emma est très en retard, soit vous avez une invitée indésirable.

Emma ?

Del se leva instantanément et se mit entre la femme et la table. La blonde, habituellement belle, avait l'air dépenaillée et négligée, et ses vêtements coûteux étaient déchirés. Pendant un instant, il craignit qu'elle ait eu un accident.

Puis il la renifla. L'odeur piquante et pure, fraiche et en quantité importante : la drogue qui avait causé la chute de son père. La drogue qu'ils cherchaient depuis des semaines. Emma sentait cela à plein nez.

Il valait mieux essayer de garder le contrôle de la situation. On ne pouvait pas savoir comment elle réagirait s'il la bousculait.

— Pas invitée est la bonne réponse. Que fais-tu ici, Emma ?

Le regard lançant des éclairs, la jeune femme se tourna vers la cuisine où se trouvaient Jessica et Sophie.

— Toi ... Qu'as-tu fait ?

— Ce qui était juste, murmura Jessica.

— Tu devais faire ce que je t'ai demandé, hurla Emma frustrée, en s'avançant d'un pas menaçant vers Jessica.

Sophie se plaça entre elles au même moment où Del s'approchait : hors de portée, mais assez près pour attaquer si nécessaire.

Le chagrin l'envahit. Des regrets, accompagnés de tristes souvenirs. Il espérait ne pas en avoir à venir à la même solution.

— C'est bon, je m'en charge, dit Jessica en serrant l'épaule de Sophie.

Puis, elle s'avança, le menton haut et sa peur maîtrisée.

— J'ai décidé de faire ce qui était le mieux pour ma meute, et tu n'en fais pas partie.

— Tu vas le regretter. Je vais te détruire, rugit Emma en postillonnant.

Jessica se tourna vers Stacy.

— Emma veut contrôler la meute. Elle a la preuve que j'ai triché lors de mon examen et que mon certificat est faux. Elle m'a fait obtenir ce poste pour que je verse quelque chose dans la nourriture ce soir. Elle avait prévu de venir après que vous seriez tous tombés malades pour pouvoir faire ce qu'elle avait prévu, mais je ne l'ai pas fait.

Le menton encore plus haut, elle lança un regard dégoûté à Emma avant de se tourner à nouveau vers Stacy.

— Je me fiche de perdre mon certificat. Tu m'as fait confiance, et tu as eu raison.

— Tu es morte. Dès que je serai aux commandes, je vous tuerai tous, gronda Emma, ses mains passant alternativement de doigts à griffes comme si elle n'avait pas le contrôle de son corps.

— C'est très intéressant, dit Del en s'approchant. Mais puisque tu es là et que tu as clairement lancé un défi, nous allons procéder à l'ancienne manière.

— Dégage de mon chemin, Del, ricana Emma. Tu es nul. Tu as renoncé à être Alpha. Tu es faible et inutile, et tu ne mérites même pas que je gaspille ma salive à te cracher dessus.

Cette déclaration aurait pu lui donner de graves complexes s'il en avait quoi que ce soit à faire de l'opinion de cette femme.

— Tu veux te battre pour le leadership ? demanda Jace qui n'avait toujours pas bougé de sa chaise, signifiant clairement qu'Emma ne valait pas ses efforts.

La question avait été posée d'une voix nonchalante, comme si c'était la chose la plus incompréhensible qu'il ait jamais entendue.

— Cassidy et moi pouvons te botter le cul. Je ne vois pas comment ça pourrait bien se passer pour toi.

— Sûrement pas toi. Ni elle, dit Emma avec un regard furieux à Cassidy.

— Rappelle-moi un jour de te raconter comment Cassidy a mis une raclée à la petite Emma la première fois qu'elles se sont rencontrées, dit Stephanie en retroussant la lèvre et en reniflant comme si Emma s'était roulée dans quelque chose de nauséabond.

— Ne sois pas si modeste, dit Cassidy. C'est toi qui l'as ligotée.

— Vraiment ? dit Mme Holmes avec curiosité. Ça semble...

— La ferme. La ferme tous, hurla Emma avant de tourner la tête vers Stacy. Je la défie ... La nouvelle qui se croit si intelligente. Si capable de contrôler les petits chiots galeux de cette meute. Je me fiche que tu les aies ensorcelés, je vais te tuer.

— Stacy n'est pas une leader pour que tu veuilles la mettre au défi, rétorqua Jace de sa voix traînante, comme s'ils discutaient de savoir si le dessert devait être servi maintenant ou après une petite marche.

— Oh, je t'en prie ! Elle pue son odeur, dit Emma en pointant Del du doigt. Des compagnons prédestinés, hein ? Tu attends le bon moment romantique pour le dire à ton humaine ? Foutaises. Vous être littéralement compagnons, ce qui fait d'elle une dirigeante, et je la défie.

Hors de question, décida Del.

— Non. Tu veux t'en prendre au meneur, et c'est moi.

La porte d'entrée était restée ouverte derrière Emma, et soudain les trois fils de Stacy se précipitèrent à l'intérieur. Mais leurs rires et leurs cris cessèrent brusquement alors qu'il se figeaient à quelques centimètres de l'invitée indésirable.

Blue apparut derrière eux, stupéfait, et avant que quelqu'un puisse intervenir, Emma se précipita vers les enfants.

Des cris et des grognements retentirent. Colt se métamorphosa instantanément, et montra les dents en tentant de s'interposer entre ses frères et elle, mais Blaze trébucha sur lui et le fit tomber.

Il ne restait plus qu'Ace qui regarda Stacy tandis qu'Emma le soulevait.

— Maman ?

Emma s'écarta d'un bond et le tint devant elle comme un bouclier.

— Tu veux essayer de me dire non à nouveau ? Ou es-tu prête à te battre ?

Une peur profonde et glaciale se lut sur le visage de Stacy, mais elle prit la parole avec force et conviction.

— Laisse-le partir.

Tout le monde dans la salle ressentit la puissance de ses paroles.

Emma hésita et fonça les sourcils.

— Qu'est-ce que... Qu'est-ce que tu as dit ?

Le mode maman ours avait visiblement été activé.

Stacy fit le tour de la table et c'est à ce moment-là que Del remarqua qu'elle tenait un très grand couteau.

IL NE RESTAIT PLUS que la colère. Pendant un instant, Stacy avait été paralysée et abasourdie par la peur en voyant son petit garçon dans les griffes de cette folle.

La seconde suivante, la rage remplaça ce sentiment. Pourtant, elle s'avança calmement jusqu'à Del, la fureur en elle prenant la forme d'une chaleur en ébullition qu'elle contenait sous une couche de calme glacial.

— Stacy, fais attention, la prévint Del. Emma a pris la même drogue que mon père.

Stacy sentit ses entrailles se recroqueviller. Encore de la tromperie et de la trahison. Infliger ce souvenir et cette douleur à un homme si bon n'était pas pardonnable.

L'esprit de Stacy vacilla parmi un fouillis de mots et d'idées. Les commentaires de Marvin sur le pouvoir : le pouvoir apaisant d'une puissance bienveillante. Les changements apportés à la meute par la douceur et la gentillesse telle une mère qui guide ses enfants en trouvant la bonne dose de sévérité. Certains avaient besoin d'humour, d'autres de règles, mais tous avaient besoin d'amour.

Stacy réfléchit à tout cela en croisant le regard d'Ace qui luttait vaillamment pour ne pas pleurer. Son petit garçon innocent qui n'était qu'amour et bonheur, effrayé parce que cette femme voulait... Non pas diriger, mais être un seigneur tout-puissant.

Cette femme, qui avait pris la même drogue qui avait forcé Del à tuer son père.

La vérité la frappa comme un coup de poing. Oui, peut-être que chacun avait sa propre façon d'apporter des changements, mais la sévérité d'une mère était également de l'amour : la bonne dose de sévérité dans le but d'améliorer les choses.

Blue avait éloigné les deux autres enfants tandis que Stacy se tenait à côté de Del, face à Emma et Ace, avec la meute et ses amis derrière elle.

Elle posa sa main gauche sur le bras de Del.

— C'est mon travail, dit-elle doucement.

Un tremblement le secoua et son désir de protection le submergea avant que la confiance et l'amour les remplacent comme une évidence.

Il fit un pas en arrière et la laissa faire.

Tu ne seras jamais seule. Je serai toujours là, entendit-elle dans son esprit. Son loup la rassurait et lui montrait son amour.

Stacy renvoya un baiser mental à travers leur connexion puis se concentra sur Emma.

— Pose mon fils, ensuite toi et moi aurons notre discussion.

Elle s'attendait à ce qu'Emma refuse ou qu'elle jette Ace au loin et s'attaque à elle. Ces deux éventualités paraissaient plausibles dans cette situation illogique : ou bien elle continuerait la fanfaronnade, ou bien elle l'attaquerait. Stacy pariait plutôt sur le besoin d'Emma de jubiler un peu plus et de continuer son monologue, comme dans un mauvais film avec des acteurs de série B.

Comme elle le pensait, l'ego l'emporta. Emma serra Ace un peu plus fort avec son bras gauche et leva les doigts griffus de son bras droit dans un geste menaçant.

— Ainsi donc la souris veut jouer avec le loup ? Comme c'est mignon. C'est si décevant que vous ne vous soyez pas noyés le premier jour. Ça aurait été tellement plus facile.

— Les accidents arrivent.

Stacy était fière que sa voix reste ferme au souvenir de ce jour où sa voiture avait été coincée dans la rivière. La peur de perdre Colt pour toujours, la panique de ne pas pouvoir sauver ses fils...

L'assurance calme et sereine de Del qui avait fait ce qu'il fallait.

Dès ce premier instant, il avait été là.

Emma rejeta la tête en arrière et émit un hurlement mêlé à un rire terrifiant, semblable à une bande-son cauchemardesque.

— Un accident ? C'est moi qui t'ai envoyé l'adresse. Ma seule erreur a été de ne pas aider le pont à s'effondrer plus rapidement.

Le feu à l'intérieur de Stacy s'intensifia.

— C'est toi qui m'as envoyée la carte ?

La carte qui avait failli les tuer.

— J'ai envoyé beaucoup de messages ces derniers temps, se réjouit Emma en secouant légèrement Ace. Tu aurais dû garder tes bébés en sécurité, petite maman. Tu aurais dû rester loin de Timberwolf Lodge, si plein de loups dangereux.

Stacy en avait assez entendu. Elle regarda Ace dans les yeux et sourit.

— Les loups ne sont pas les seuls à avoir des dents qui mordent. Et mordre fort même.

Tout se passa très vite, car Stacy avait élevé des enfants intelligents. Elle s'élança tandis qu'Emma hurlait et secouait son bras, à l'endroit où Ace venait d'enfoncer ses petites dents. Elle le jeta au loin, le faisant voler dans les airs.

Del fut là pour le rattraper avant qu'il touche le sol, et s'éloigna aussitôt. Heureusement, car elle avait besoin d'avoir l'esprit clair.

Comme se baisser pour éviter la main griffue qui tenta de la blesser au visage, et attraper Emma par derrière. Stacy enfonça ses doigts dans la marque de morsure fraîche de son fils et immobilisa Emma.

Le couteau dans sa main droite était délicatement posé sur la gorge d'Emma qui se figea.

— Tu ne le ferais pas.

— Renifle, suggéra Stacy. Est-ce que je sens la peur ? Est-ce que je sens la personne perdue qui ignore ce qu'elle doit faire ?

Tout le monde dans la salle sembla prendre une profonde inspiration, ce qui aurait été extrêmement amusant si cela ne se produisait pas maintenant, de cette façon.

— Vas-y, la railla Emma. Tue-moi.

— Où serait le plaisir dans tout ça ? lui rétorqua Stacy. Tu savais qu'on utilise des cadavres de porcs en cours de biologie pour les dissections ?

Emma ne dit rien et remua les pieds, comme pour trouver une meilleure position. Stacy pressa un peu plus fort le couteau contre son cou, et une fine ligne de sang coula de la petite entaille qu'elle venait de faire.

— Les porcs ont une anatomie très semblable aux

humains, et même si tu es un métamorphe, pour l'instant tu es sous ta forme humaine, murmura Stacy joyeusement. On a mangé du porc au dîner. Sais-tu que je peux dépecer un cochon entier en moins de vingt minutes ? Tu vois où je veux en venir ?

— Qu'est-ce que tu veux ? murmura Emma.

— Que tu quittes le Lodge. Je ne connais pas les lois chez les loups-garous, mais je suis sûre qu'il doit y avoir une règle disant que tu dois partir et ne plus jamais t'approcher de ma famille. Sinon je règlerai un chronomètre pour battre un nouveau record.

La femme dans ses bras se tendit. Une odeur nauséabonde, comme celle de la mouffette, flotta dans l'air et, pendant une fraction de seconde, Stacy se demanda si la drogue ne forcerait pas Emma à faire un mauvais choix, malgré son offre raisonnable.

L'humaine sous son couteau se transforma en loup, sa fourrure glissant entre les doigts de Stacy. Elle retira rapidement la lame afin de ne pas trancher accidentellement la gorge d'Emma.

Sans un regard en arrière, Emma se précipita à travers la porte grande ouverte.

Del et Jace la poursuivirent immédiatement sous forme de deux loups noirs, leurs griffes grattant le parquet. Stacy laissa tomber le couteau et courut vers la porte, suivie de la meute et de ses amies. Alors qu'ils étaient tous entassés sur le porche, elle aperçut Blue qui se joignait à la poursuite.

Satisfaite qu'ils s'occupent d'Emma, Stacy chercha frénétiquement ses enfants.

Blaze surgit de derrière un buisson de l'autre côté du parking.

— Blue a dit de se cacher jusqu'à ce que ce soit sûr, cria-t-il.

Colt apparut à ses pieds, toujours sous forme de loup.

— C'est sûr ?

— Oui, rentrez à la maison, dit Stacy en agitant fiévreusement la main et en cherchant le dernier.

— Voilà ton bébé, dit Stephanie en lui tendant Ace. Je m'occupe des deux autres.

Stacy serra Ace aussi fort qu'elle l'osa.

— Tu as été si courageux.

— Je l'ai mordue. Pardon. J'avais promis de ne plus jamais mordre personne, mais je l'ai fait.

— Tu as été parfait et tu as fait exactement ce que je t'ai dit de faire. Ici les règles ne sont pas les mêmes qu'à ton ancienne garderie, dit Stacy en lui tapotant le nez et en souriant. Les petits loups ont parfois besoin d'utiliser leurs dents.

Il lui montra les siennes puis éclata en sanglots en enfouissant son visage dans son cou.

Elle le serra dans ses bras et le laissa pleurer tandis qu'elle s'agenouillait pour accepter Blaze et Colt dans ses bras. Ses fils, ses amours, tous en sécurité.

Del. La partie manquante de l'unité. Parce qu'il n'y avait plus aucun intérêt à prétendre qu'elle avait besoin de temps, ou que les humains ne tombaient pas amoureux en quelques jours.

L'humain qu'elle était l'avait fait, et Del avait besoin de le savoir.

19

Ils poursuivirent Emma jusqu'à la limite du territoire de Jasper : trois puissants loups qui se retenaient légèrement. À tout moment, ils auraient pu la rattraper et l'éliminer une fois pour toutes.

Mais Stacy avait demandé à ce qu'Emma soit bannie.

Elle ne l'avait pas demandé de façon explicite, mais ils avaient tous compris. Del, Jace et Blue savaient que s'il y avait eu un manuel sur les loups, Stacy aurait indiqué cette option.

Alors qu'ils atteignaient le col qui constituait la frontière orientale, tous trois s'arrêtèrent et se métamorphosèrent en fixant la femelle solitaire qui s'était métamorphosée à peine à six mètres d'eux. La fine ligne sur son cou saignait encore.

Jace se redressa, son manteau d'Alpha l'entourant aussi clairement que s'il avait enfilé un peignoir.

— Emma Wilson, tu n'es plus membre de cette meute. Tu n'es ni la bienvenue sur ces terres où vivent nos loups, ni dans les lieux habités par les humains. Tout ce territoire t'est interdit, et la meute en sera informée. Si tu reviens sans prévenir, tu mourras.

Elle montra les dents et émit un grognement plus animal qu'humain.

— La meneuse de la meute t'a déjà fait part de ses exigences, dit Del d'une voix basse mais résonnant de fierté. Je vais donc simplement ajouter que si Stacy peut dépecer un cochon en vingt minutes, mon loup peut le faire en dix.

Le regard d'Emma vacilla un instant, puis elle se tourna vers Blue.

— Tu vas me menacer aussi, Omega ? Ou ta seule arme c'est de crever les yeux des gens avec tes choix de vêtements ?

Une énergie puissante monta sur la crête, dressant les cheveux de Del sur sa tête. Une lumière jaillit et une seconde plus tard, Emma était par terre, sur ses fesses.

Elle cligna des yeux, l'expression emplie d'horreur tandis qu'elle fixait Blue.

— Comment...

— Ce n'est jamais une bonne idée d'attaquer quelqu'un quand on ne sait pas de quoi il est capable, déclara Blue, qui ajouta avec une douceur presque triste : va-t'en, Emma. Trouve un endroit où panser tes blessures et éliminer la drogue de ton corps. Je dirai à ta famille que tu les contacteras quand tu te sentiras plus... toi-même.

Elle se métamorphosa et s'éloigna en vacillant, et il la regardèrent disparaitre à l'orée des arbres.

Jace se retourna et se plaça face à Blue.

— C'était... C'était quoi ça ?

— Notre Omega a des secrets, dit Del en regardant son cousin. Puisque je ne vois aucune poche qui pourrait contenir une télécommande, tu veux bien nous dire comment tu as fait ?

— C'est nouveau, leur dit Blue. Je crois que Stephanie m'a fait quelque chose.

— C'est plutôt que tu aurais bien aimé qu'elle te fasse quelque chose, le taquina Jace alors qu'ils retournaient au Lodge.

— Ça aussi, mais mes pouvoirs sont déréglés ces temps-ci. Je suis vraiment désolé d'avoir conduit les garçons directement vers Emma. J'aurais dû le savoir. Je l'aurais su normalement, mais je n'ai plus les mêmes visions du futur.

— Tu as perdu la prémonition, mais tu as eu la foudre en échange ? dit Del. Il doit y avoir une raison. Mais ne te culpabilise pas. Aucun de nous ne savait qu'Emma était derrière tout ça, et j'ai passé trois semaines à remuer toute la ville. J'aurais dû trouver un indice.

— Dieu merci, Jessica ne nous a pas empoisonnés, dit Jace inclina le menton vers Del. C'est grâce à Stacy. Elle tient le cœur de la meute dans sa main, et ça nous a sauvé la vie cette fois.

— Elle y tient aussi mon cœur, dit doucement Del. Je dois y retourner.

Ils se métamorphosèrent et coururent. Un autre genre d'urgence poussait Del. Le besoin d'être là-bas, avec sa meute, sa famille... sa compagne.

C'était comme s'il y avait un fil tendu entre eux et, qu'à chaque pas qui les rapprochait de Timberwolf Lodge, il devenait un peu plus entier. Plus heureux.

Plus...Delaney Vezina.

Il n'était ni l'Alpha ni le meneur de la meute. Il n'était ni avocat, ni homme d'affaires, ni aucun de ces titres pour lesquels il avait travaillé si dur. Il était simplement un métamorphe avec une compagne qui l'aimait...

Mon Dieu, comme il espérait que ce soit vrai.

Une fois de retour au Lodge, il se métamorphosa dès que ses pattes touchèrent les escaliers du porche.

— Del.

Stacy se tenait devant les chaises sur lesquelles ils s'étaient assis quelques semaines auparavant pour discuter de leur sortie. Il se dirigea vers elle et la serra contre lui. Elle lui rendit son étreinte, l'embrassant et le touchant un peu partout jusqu'à ce qu'il reprenne sa respiration. Il avait été trop inquiet pour elle pour penser à respirer.

— Les garçons... Ace. Comment vont-ils ?

Elle rit doucement, puis lui tendit un survêtement à enfiler.

— Ils vont bien. Ils sont sûrement encore dans la cuisine en train de manger beaucoup trop de desserts. Et ils veulent te voir, mais je leur ai dit que je devais d'abord discuter de la meute avec mon compagnon. Et que tu devais aussi te trouver des vêtements parce que nous ne sommes pas tous des loups ici, mais qu'on les bordera ce soir. Ensemble.

— Bien. C'est bien.

Et soudain il se figea, un pied dans le pantalon, l'autre toujours dehors, et les mots de la jeune femme se bousculant dans son esprit.

— Ton... compagnon ?

Elle posa une main sur sa joue.

— J'ai fait plusieurs choix aujourd'hui : j'ai choisi d'être la meneuse de la meute et de mettre mes compétences en pratique du mieux que je pouvais. Et tu m'as soutenue.

— Tu étais..., commença-t-il avant de frissonner et s'habiller à la hâte. Tu es tellement sexy quand tu joues les badass.

Stacy rit et posa son front contre le sien.

— J'aime bien jouer les badass. Mais je pense aussi que je suis prête à choisir d'être ta compagne. Si ça te convient.

— Alors d'accord, dit-il en la faisant tournoyer, le bonheur bouillonnant au plus profond de lui.

Puis il l'embrassa doucement ; une promesse de ce qui allait suivre.

— Je suis heureux que vous soyez tous sains et saufs. Je te raconterai plus tard ce qui s'est passé avec Emma, mais j'ai besoin de voir les garçons.

Ils entrèrent dans le Lodge et retrouvèrent certains membres du Timberwolf Lodge, dont Jessica, qui les guettait près de la porte.

En voyant Del, ses épaules s'affaissèrent.

— Je l'ai déjà dit à Stacy, mais je suis vraiment désolée.

— Tu n'as pas l'air d'avoir grand-chose à te reprocher, répondit doucement Del. Tu étais dans une situation difficile, mais tu as fini par prendre la bonne décision.

Jessica émit un petit reniflement ému.

— C'est ce que Stacy m'a dit et je vous en remercie tous les deux. Je vais continuer à prendre les bonnes décisions. Maintenant je peux repartir à zéro. C'est moi qui ai mis le mot dans le tiroir de Stacy parce qu'Emma m'y a obligée. Et j'ai menti en disant que je n'avais pas d'eau dans mon appartement. Je devais m'éloigner d'Emma pour qu'elle ne se rende pas compte que j'avais décidé de ne pas suivre ses ordres.

Del hocha la tête.

— Jessica m'a confié qu'Emma parlait grossièrement de moi auprès de la meute. C'est sûrement de là que venaient mes problèmes avec l'AML et le comportement étrange des adolescentes, déclara Stacy en posant une main sur le bras de Jessica. Mais tout ça appartient au passé. Tu as fait ce qu'il fallait quand il le fallait.

Les yeux de Jessica se remplirent de larmes.

— À partir de maintenant, je ferai toujours ce qui est juste.

— C'est un bon choix, dit Del en ajoutant le poids de l'approbation de son loup à ses paroles.

Jessica respira profondément et se détendit sous leurs yeux.

— Tu fais maintenant partie de Timberwolf Lodge, ajouta-t-il. Nous en sommes ravis.

L'étreinte spontanée et inattendue de Jessica faillit le faire tomber à la renverse. Del riait toujours quand Jessica serra Stacy tout aussi fermement contre elle avant de quitter la pièce, la tête haute.

Cassidy s'éloigna de Jace pour se placer devant eux.

— Merci Del.

— Je n'ai rien fait.

— Tu as fait l'une des choses les plus difficiles, expliqua-t-elle en indiquant Stacy. Tu t'es effacé et tu l'as laissée faire son travail.

— Elle gérait à merveille. J'ai pris beaucoup de plaisir à la regarder, plaisanta Del, les doigts toujours entrelaces à ceux de sa compagne.

— Pendant ton absence, nos invités sont repartis. Ils ont dit être très satisfaits de Timberwolf Lodge, et encore plus satisfaits du leadership de la meute, expliqua Cassidy en les accompagnant jusqu'à la cuisine. Ce ne serait pas lui que vous cherchez par hasard ? s'exclama-t-elle alors en ouvrant la porte.

Ils furent pris d'assaut par des petits garçons aux doigts et à la bouche couverts de tarte à la citrouille. Del reçut des baisers collants de Blaze et d'Ace, et une étreinte émue de Colt.

— Tout va bien ? demanda Stephanie à l'autre bout de la table de la cuisine.

Elle tenait une grande tasse de thé et affichait une expression satisfaite.

Del regarda autour de lui. Il regarda sa compagne, ses fils, les hommes avec qui il était à nouveau en bons termes, les femmes fortes, comme Steph et Cassidy, qui faisaient avancer la meute dans la bonne direction. Ce n'étaient pas que des femmes dynamiques, mais des liens puissants.

— Ça ne pourrait pas être mieux, acquiesça-t-il.

Dans leur suite, à l'étage, Stacy avait tout ce qu'elle voulait. Trois petits garçons propres mais qui commençaient déjà à dégager une petite odeur… Comment est-ce que les garçons arrivaient à faire ça ?

Un homme – son homme – assis sur le lit, un livre à la main, qui leur faisait la lecture en imitant les voix des personnages. Del était manifestement très heureux d'avoir Colt appuyé contre son épaule, Blaze collé à lui comme de la glue, et Ace sur ses genoux.

Le livre était à peine terminé que Blaze demanda :

— Monsieur Del, qu'est-ce que lisent les petits loups avant de se coucher ?

— Des contes de fourrure.

Les garçons hurlèrent comme des loups.

— Vous savez que votre mère et moi sommes compagnons, n'est-ce pas ? Vous vous en souvenez ? dit Del en regardant Stacy.

— Mais vous sortez ensemble, dit Ace. Et on ne peut pas venir avec vous.

— Pas toujours, acquiesça Stacy amusée.

Del poursuivit :

— Ce que je veux dire, c'est que puisque votre mère et

moi sommes compagnons, vous n'avez plus besoin de m'appeler monsieur Del.

Leurs yeux s'illuminèrent de surprise tandis que la vérité fit éclater quelque chose à l'intérieur de Stacy. Elle n'avait pas encore pensé à cette partie.

Ce n'était manifestement pas le cas de Del qui continua, sans la quitter des yeux :

— Je sais comment j'aimerais que vous m'appeliez, mais il faut que vous et votre mère soyez d'accord. Vous avez une idée ?

— Tu ne peux pas être tonton, sinon il faudrait que tu sois amoureux de tata Steph, dit Blaze en fronçant les sourcils.

Puis, soudain son visage s'illumina :

— Hé, tu sais quoi ? On appelle tata Cassidy, tata, donc on peut appeler monsieur Jace tonton maintenant. Cool.

— Très cool, acquiesça Stacy en souriant à Del. Je pense qu'on devrait peut-être entendre ta suggestion, parce que j'ai plein d'idées mais il faut en trouver une qui te plaise aussi.

— Je connais la réponse, dit doucement Colt. Si ça ne te dérange pas, je pense qu'on devrait t'appeler papa.

La mâchoire d'Ace en resta ouverte.

— Je n'ai jamais eu de papa, murmura-t-il avec émerveillement.

— On peut t'appeler papa ? Ou un papounet ? supplia Blaze avant de marquer une pause. Non, je préfère papa.

— Moi aussi, dit Ace en ouvrant les bras. Viens me border, papa.

Il se tourna alors vers Colt et déclara :

— Ça me plait.

— Moi aussi, dit Del avec une joie incroyable. Colt ? Et toi, mon pote ?

Son aîné sourit.

— J'aime aussi papa, mais j'aime surtout savoir que tu seras notre père et pas seulement un mentor.

— Je ne serai jamais uniquement ton mentor, acquiesça Del en embrassant Colt sur le front. J'ai toujours voulu être ton père.

Cela prit un certain temps, mais finalement Stacy et Del leur dirent bonne nuit et retournèrent dans sa chambre.

Notre chambre. Stacy s'arrêta sur le pas de la porte lorsque cette vérité la frappa également.

Del se pressa contre son dos et se pencha pour embrasser son épaule.

— Tout va bien ?

Elle se retourna dans ses bras et lui sourit avec douceur.

— Tout va parfaitement bien, dit-elle en verrouillant la porte. On l'ouvrira dans un petit instant.

— Pas si petit, murmura Del en la prenant dans ses bras.

Faire l'amour à nouveau, après tout ce qu'ils avaient vécu, fut différent. Plus riche, même si elle savait déjà qu'il l'aimait avant cela, et qu'il la désirait. Mais à présent, elle savait qu'il avait confiance en elle et en ses capacités...

Cette pensée la fit frissonner. Ou peut-être était-ce sa langue qui faisait des choses diaboliques et merveilleuses à ses seins.

Ils étaient unis, la chaleur de la passion montant en flèche, lorsque Del murmura contre sa peau :

— Prête à être ma compagne ? En es-tu certaine ?

— Oui. Et je sais déjà qu'il faudra en passer par les dents.

Elle inspira profondément quand il posa la main sur son clitoris et le caressa.

— Oh oui, Del. Vas-y.

— Tu as déjà ma queue, dit-il s'esclaffant doucement.

Il y eut d'autres rires et de la joie, et quand il posa enfin ses dents sur son épaule et mordit avec force, la vague de plaisir qui monta en elle l'inonda au point que la chambre fut remplie de lumières et de musique. Un orchestre entier d'endorphines et de bonheur sensuel.

Del cria son nom en s'enfonçant profondément en elle. Elle le serra dans ses bras, caressant ses épaules fermes tandis qu'il murmurait combien il l'aimait, combien les garçons et elle comptaient pour lui, qu'il serait toujours là...

Soudain Stacy haleta et il recula, alarmé.

— Qu'est-ce qu'il y a ? Tu vas bien ? Tu as entendu les garçons ?

Elle secoua la tête, le cœur battant au même rythme que le picotement sur son épaule.

— Je ne l'ai jamais dit.

— Dit quoi ? demanda-t-il en s'allongeant à ses côtés, leurs hanches toujours en contact.

Quelle idiote elle était.

— Je n'arrive pas à y croire. Je veux dire, je sais que tu le sais, mais j'ai besoin de te le dire, dit-elle en se redressant sans se soucier d'être nue.

Elle était en couple avec un loup, et parfois les humains devaient surmonter leurs blocages.

— Delaney Vezina. Je t'aime.

Le sourire de Del illumina la pièce. Il s'assit face à elle.

— Ça tombe bien, vu que nous sommes compagnons. Et comme on va fonder une famille, ça tombe bien aussi que j'aime tes fils, rétorqua-t-il amusé.

Mais elle n'en avait pas fini :

— Je l'ai dit. Maintenant, c'est à ton tour.

Del prit un air étonné.

— Je ne l'ai pas encore dit ? J'aurais juré que...

Stacy se jeta sur lui ; un véritable bond de loup. Après

l'avoir immobilisé en se mettant à califourchon sur son torse, elle croisa les bras sur sa poitrine :

— Mauvaise réponse.

— Crois-moi, chérie, je ne rate pas grand-chose dans cette position, rétorqua Del qui ne se priva pas d'admirer sa poitrine.

— Tu es horrible, dit-elle en pouffant de rire.

— Je suis le grand méchant loup qui vient te dévorer.

Elle se pencha pour l'embrasser et se frotter contre lui à le rendre fou.

— On arrête de *parler*, jusqu'à ce que tu le dises, monsieur Del.

Le regard de Del s'adoucit, et toute trace d'amusement disparut.

— Plus de monsieur... Pas pour les garçons, et jamais pour toi. Appelle-moi chéri, mon cœur, bébé, ou chouchou. Mais ce que j'aimerais par-dessus tout, c'est que tu m'appelles amour ...

La gorge serrée, elle pressa une main sur ses lèvres.

— Parce que c'est ce qu'il y a entre nous. Je t'aime, Stacy. Je suis si heureux que tu aies misé sur moi, dit-il en passant un doigt sur la marque faite sur son cou. Mon amour, ma compagne. Ma mienne.

20

———————

Le mois de septembre touchait à sa fin. Blue était assis sur la balancelle du porche et contemplait les montagnes au loin en évitant les idées sérieuses. Certains jours étaient faits pour faire des plans, d'autres pour agir, et d'autres encore pour rester immobile et écouter. C'est ce que son mentor lui avait dit un jour.

Blue savait que son chemin en tant que loup était très différent de celui de Jace ou de Del. Dans son cas, lorsque quelque chose l'interrogeait, il devait revenir en arrière et faire ce qu'on lui avait appris comme étant le mieux pour un loup Omega.

S'assoir et écouter.

La brise transportait des éclats de glace en provenance des glaciers situés de l'autre côté de la montagne. L'hiver arrivait.

Stephanie n'était toujours pas sa...

Il gémit, ferma les yeux et s'avachit.

— Ce n'est pas ce que j'ai envie d'entendre.

— Tu as un écouteur dans l'autre oreille ? Parce que je n'entends rien.

La balancelle s'agita lorsque quelqu'un le rejoignit.

Blue ouvrit brusquement les yeux et tourna la tête à droite.

— Comment as-tu pu t'approcher de moi comme ça ? se plaignit-il, choqué que son loup ait permis à quelqu'un de le rejoindre sans bruit.

Mais c'était Steph. Son loup était déjà complètement fou d'elle.

— Peut-être que je suis magique, dit-elle en remuant les doigts devant son visage.

Elle était bel et bien magique et avait magiquement réussi à le faire tomber amoureux d'elle. Tout en badinant avec elle, intérieurement Blue se débattait entre une sensation de bien-être et de déprime.

Lorsque Stephanie posa sa tête sur son épaule, l'espace d'une fraction de seconde, quelque chose remonta sous la peau au niveau de sa nuque, et disparut avant qu'il puisse l'analyser. Steph ne sembla pas s'en rendre compte.

Il pencha doucement sa tête contre la sienne, et ils restèrent ainsi, l'un contre l'autre en regardant les montagnes.

Ensemble...mais pas encore.

Cela arriverait au moment où cela devait arriver. De cela, il en était sûr.

Seigneur, faites que ça ne soit pas trop long, sinon il se transformerait en une boule de poils et de frustration, et ce n'était jamais bon pour un loup Omega. Il finirait par rendre toute la meute nerveuse.

Mais pour le moment, Blue accepta ce petit morceau d'affection que Stephanie lui offrait, et le savoura.

— On est bien, dit-il en lui donnant un petit coup de coude affectueux.

— Oui. C'est vrai.

Ils se sourirent et Blue plongea dans son regard. Parfois, il se disait qu'il méritait un prix pour sa patience incroyable. Et puis, elle le regardait avec ses grands yeux bleus, et il savait qu'il attendrait éternellement s'il le fallait.

— C'est si agréable et paisible qu'il va sûrement arriver quelque chose d'un instant à l'autre pour tout faire exploser, dit-elle espiègle.

— Oh, toi, la radieuse et rayonnante optimiste.

— N'est-ce pas ?

C'est à ce moment-là que l'explosion se produisit.

Un énorme *boum* qui fit écho dans les immeubles et les montagnes lointaines, et résonna dans leurs oreilles. Ils se levèrent d'un bond.

Un nuage de fumée s'élevait au-dessus du toit de Timberwolf Lodge.

Vivian Arend, auteure de best-sellers au classement du *New York Times*, vous propose une trilogie feel-good paranormale : **Timberwolf Lodge**.

Timberwolf Lodge
Le Jeu et la Chandelle
Le Pari du meneur
Le Sort en est jeté

Vivian fait actuellement traduire ses nombreuses séries. Merci de consulter son site web pour toutes les dernières informations.
www.vivianarend.com/fr

À PROPOS DE L'AUTEUR

Avec plus de 3 millions de livres vendus, Vivian Arend est une auteure de best-sellers figurant aux classements du New York Times et de USA Today. Elle a écrit plus de 70 romances contemporaines et paranormales.

Ses livres sont des romans intégraux qui peuvent se lire indépendamment de toute série et ne se terminent pas sur un suspense. Ce sont des histoires pleines d'humour et d'émotions, avec des moments sensuels et des fins heureuses. Vivian estime avoir le plus beau métier au monde. Elle habite en Colombie-Britannique, au Canada, avec son mari depuis plusieurs années (l'inspiration de chacun de ses héros et un compagnon volontaire pour toutes sortes d'aventures).

www.ingramcontent.com/pod-product-compliance
Lightning Source LLC
Chambersburg PA
CBHW031559310726
48974CB00003B/734